Le hasard aujourd'hui

H. Barreau P.-M. De Biasi J.-L. Boursin A. Danchin B. Diu I. Ekeland C. Faure A. Jacquard S. Lebovici J.-M. Lévy-Leblond J.-C. Milner S. Moscovici A. de Ricqlès J.-C. Risset D. Ruelle
interrogés par Emile Noël

Le hasard aujourd'hui

Éditions du Seuil

EN COUVERTURE : François Morellet, *Répartition aléatoire de 40 000 carrés selon les chiffres pairs et impairs d'un annuaire de téléphone, 1961.*
(Huile sur toile, 100 x 100 cm)

ISBN : 2-02-012955-8.

Introduction

Qu'est-ce donc que le hasard ?

L'inattendu ? L'imprévisible ? Une cause qui toujours échappe ? Que nous ne savons pas voir ? Obéit-il à des lois ? Ou bien est-il, comme l'amour, enfant de bohème qui ne connaît jamais, jamais de lois ?

Que veut-on dire au juste quand on parle de hasard ?

On en parle d'abord pour signifier l'imprévisibilité du futur. Certains pensent que les « hasards de la vie » résultent de la variabilité des phénomènes extérieurs, d'autres les attribueront à leurs propres actions, d'autres enfin y voient l'intervention divine.

Dans tous les cas, cette imprévisibilité engendre l'idée de risque. On sera tenté de le réduire. Les mythes et les rites auront pour mission de tempérer l'inquiétude face aux impénétrables desseins des dieux. La philosophie, méditant sur les conditions de la liberté, avancera une analyse de la contingence, y cherchera une origine.

Toutes ces méditations – religieuses, morales, philosophiques – sur le sujet ont été, si diverses soient-elles, des tentatives sinon d'éliminer le hasard, du moins d'en réduire les effets. Elles ont constitué tout un corpus empirique et spéculatif qui a précédé et préparé les conceptualisations actuelles du hasard. Elles ont ouvert la voie à une approche mathématique. Ainsi le hasard s'est-il incarné dans le calcul des probabilités. Mais le mot, encore de nos jours, est porteur de nombreux autres sens. Il y a le hasard du jeu de dés, de la roulette, qui présente des propriétés mathématisables, mais il n'en reste pas moins du domaine de l'imprévisible. Il y a les mystères de la situation causale initiale, la disproportion entre la cause et l'effet qui fera, d'un « battement d'aile de papillon ici, là-bas un cyclone ». Il y a les suites imprévues d'une action, l'ordre et le désordre, le « chaos » bien à la mode depuis quelque temps, le croisement inopiné de deux séries causales indépendantes qui nous menace d'une tuile… sur la tête.

Tous ces effets ne sont-ils que l'illustration de notre ignorance ou expriment-ils une réalité objective ? Le hasard est-il dans les choses ou dans nos jugements sur les choses ? Voilà matière à controverses. Le débat métaphysique : savoir si le hasard est objectif ou subjectif, reste entier et le restera vraisemblablement encore longtemps. Le but de ce livre n'est pas de trancher sur cette question. Plutôt, puisque le hasard apparaît comme un caractère fondamental de l'existence, qu'il traverse tous les domaines de l'activité humaine, nous allons procéder, en le prenant comme fil conducteur, à la traversée de ces domaines.

Les entretiens réunis dans ce volume correspondent à la série radiophonique diffusée sur France-Culture sous ce même titre. Ils en sont la transcription revue et corrigée pour le passage de l'oral à l'écrit. Mais, reflet de la parole, ils ont gardé la spontanéité de la conversation.

Au cours des quinze entretiens, partant du sens commun, nous visitons la vie sociale, la linguistique, la psychanalyse, les arts, les sciences de la vie, celles de la nature, les mathématiques, pour aboutir au discours de la philosophie et de l'épistémologie contemporaines.

Ce parcours transdisciplinaire manifeste clairement l'intention d'aller chercher le hasard partout où il se cache. L'expérience révèle que, si le danger exalte parfois, l'incertitude produit un sentiment d'insécurité, de l'inquiétude, voire de l'angoisse. Cette peur suscite le désir de connaître la nature des risques qu'il faut affronter. Et l'on verra que, dans la plupart des cas, se manifeste une tentative pour supprimer ou nier le hasard, dans les arts comme dans les sciences. L'artiste parfois acceptera de taquiner le hasard. Il essayera même, peut-être naïvement, de s'en servir. Son acte consistera à jeter son œuvre dans l'aventure, comme l'on jette les dés. Ainsi la création artistique émerge-t-elle quelquefois d'une prise de risque, d'un défi à l'imprévu.

Du côté des sciences, le discours est un peu différent. Les sciences dures parleront de statistiques, de probabilités, les sciences de la vie de contingence. Et, plus généralement, une opinion très répandue admet que « dans la plupart des sciences, et quel que soit le niveau de leur mathématisation, l'imprévu trahit les insuffisances ou la fausseté de la théorie qui faisait attendre telle ou telle conséquence expérimentale. Pour beaucoup, l'imprévu est donc généralement à l'origine de nouvelles théories, obligeant à abandonner les anciennes et à changer radicalement les anciens paradigmes. Mais, s'il arrive que cette situation, de nature à proprement parler catastrophique, se présente effectivement, est-elle vraiment la plus courante ? Plus souvent, l'imprévu n'est surprenant que pour ceux qui, par faiblesse, croyaient tout savoir sur les lois auxquelles obéit un phénomène réel[1]*. »*

Tout ce qui existe est le fruit du hasard et de la nécessité. Selon cet aphorisme, attribué à Démocrite, le hasard participe nécessairement à tous les événements de notre vie.

Heureux ou méchant, il existe, tout le monde l'a rencontré, ou prétend l'avoir rencontré. Tout de même, prenez garde à la tuile.

ÉMILE NOËL

1. Jacques J., *L'Imprévu ou la Science des objets trouvés*, Paris, Odile Jacob, 1990, p. 23.

1. Le hasard du sens commun

Entretien avec Serge Moscovici, directeur d'études à l'EHESS.

ÉMILE NOËL : Ce n'est pas par hasard que la psychologie sociale fait l'objet du premier entretien sur le hasard. Le mot recouvre plusieurs concepts suivant le domaine d'où on l'examine. Pourquoi, si ce n'est pas par hasard ? Pour savoir comment il est communément appréhendé. Le refus du hasard n'est-il pas un des thèmes de la psychologie sociale qui traite des opinions, des attitudes, des représentations sociales, notamment ? Comment le sens commun perçoit-il le hasard ? De quelle manière se conduit-on face au hasard, selon què l'on est seul ou en groupe ? Voilà des questions que la psychologie sociale n'a sans doute pas manqué d'aborder.

SERGE MOSCOVICI : Au point de départ, on a affaire à plusieurs représentations sociales du hasard. La première et la plus visible, c'est celle du destin. C'est quelque chose que vous faites ou qui vous arrive en semi-désordre, mais qui vous conduit quelque part, à votre insu. En dessous du chaos apparent se dessine une pré-liaison, une pré-intention qui se révélera au bout de la série d'événements. Le destin, c'est la répétition invisible et surprenante, à laquelle on donne aussi le nom de « loi des séries ». Ensuite, nous connaissons une variante concernant la relation entre le choix et la façon dont quelqu'un fait son choix. Et on pense que ce que nous appelons en langage scientifique une « préférence » serait plutôt une « référence », un donné qui s'impose de l'extérieur comme une contrainte. Le choix n'est pas un choix, mais un moyen de se situer, de répondre aux impératifs du milieu. Le hasard est un déni de responsabilité, une circonstance atténuante de nos faits et gestes. On dit à l'occasion : « C'est la faute à pas de chance. » Et, enfin, il y a l'idée du désordre, du chaos. Le hasard est représenté comme le symptôme d'un trouble, il apparaît comme un dérangement d'un ordre, dont on ne connaît pas la cause. On le définit comme hasard parce qu'on ne perçoit pas la cause de ce qui se passe.

C'est le cas des événements imprévus.

Oui. Vous passez dans la rue, il y a une tuile qui tombe ou une voiture qui vous percute. Vous pensez que c'est un hasard parce que vous ne voyez pas vraiment la cause, parce que cela pouvait arriver à n'importe qui et que, de surcroît, nul ne s'y attendait. Enfin, le hasard apparaît souvent comme antinature. C'est la représentation de ce qui n'a pas de règles ou qui ne se soumet pas aux règles, d'une force adverse. Je dirais qu'en ce sens il charrie une image démonique d'une force qui travaille contre vous, qui vous empêche de faire ce que vous voulez faire, qui peut ruiner vos efforts. Il s'agit d'une représentation anthropomorphique du hasard, doué d'une intention, souvent mauvaise, et qui vous vise personnellement. C'est peut-être ce hasard-là que nous ne tolérons pas. Mais le fait avéré demeure : nous ne tolérons pas le hasard, nous pensons qu'il est absent des choses qui arrivent dans le monde et surtout de celles qui nous arrivent à nous. Le refus de la contingence est frappant, en particulier dans le domaine médical. Si quelqu'un tombe malade, s'il est atteint d'une maladie grave, il ne se demande pas quelle est la probabilité de cette maladie, le pourcentage de gens qu'elle peut frapper, mais « pourquoi est-ce que cela m'arrive à moi ? ». Et il va chercher une explication concernant son cas singulier, le déterminisme de ce qui est vécu comme un malheur. Vous voyez l'écart : la science médicale connaît le grand nombre, les probabilités, mais ce qui importe au malade, c'est le cas unique. Pour lui, le hasard est le malheur, un mauvais hasard qui a fait son choix et l'a pris parmi les victimes. Et il n'y a pas de science des cas uniques, du malheur.

> Quelquefois, justement, on entend dire à ce propos : « J'ai de la chance » ou : « Je n'ai pas de chance. »

Prenons le cas, malheureusement fréquent, du chômeur. C'est un phénomène qu'on pourrait dire global. Il y a un calcul statistique. Mais le chômeur se demande pourquoi il est, *lui*, au chômage. Il y a une sorte de défense, une tendance à s'éloigner du phénomène, de ce facteur de hasard dans le raisonnement, alors que la science l'intègre régulièrement.

> N'importe qui peut comprendre, quand il est à l'extérieur, qu'il y a un certain pourcentage de chances pour que ceci arrive ou n'arrive pas. Mais, si cela arrive à moi, cela devient : « Pourquoi moi ? » Parce que les causalités des situations m'échappent.

Il y a plus frappant. Prenons, par exemple, les accidents de voiture. Pour les assurances, ce sont des statistiques. Pour les automobilistes, ce sont des événements individuels. Et, d'ailleurs, toute la propagande, tous les messages concernant la conduite automobile s'adressent à l'individu sans tenir compte que, si vous mettez tant de millions d'automobiles, dans la circulation, sur tant de kilomètres de route, vous avez un risque de *x* accidents. Du point de vue des assurances, ce ne sont pas des accidents. Ce sont des phénomènes aléatoires alors que, du point de vue des automobilistes, ce sont bel et bien des accidents. Quand je dis : « Il m'est arrivé un accident », je prends le hasard sous la forme d'une sorte de force adverse qui travaille contre moi et qui produit un certain nombre d'effets.

> Quand je gagne au Loto, en revanche, c'est une force bénéfique qui joue pour moi.

Je ne sais pas s'il y a eu beaucoup d'études sur les gens qui jouent au Loto. Est-ce que ceux qui ont conscience de jouer (parce que je pense que beaucoup de gens le font par une sorte de conformisme, après tout) sont pessimistes ou optimistes ? Est-ce que les gens pensent que le hasard va jouer, que la chance va jouer pour eux ou contre eux ? Je ne connais pas d'études là-dessus.

> Je ne crois pas que l'on puisse jouer sérieusement au Loto si l'on s'en tient seulement au pourcentage de chances que l'on a de gagner (qui est de l'ordre de 1 sur 10 millions ou 100 millions). Là, me semble-t-il, si l'on considère la fréquence objective, on est découragé tout de suite.

Je suppose que l'on joue au Loto davantage pour jouer que pour gagner, car les gens doivent plus ou moins savoir que les chances de tirer le bon numéro sont de 1 sur 10 millions ou sur 100 millions. Il y a une psychologie du pari et du parieur qui consiste à tenter non pas sa chance, qui est prévisible, mais *la* chance, qui est imprévisible. A la tenter et à l'interroger, devrais-je ajouter. En un sens, nous avons affaire à une stratégie en vue d'ouvrir une situation close, de créer un monde de possibilités là où il n'y en a aucune, ou fort peu. On joue le hasard contre le déterminisme, l'extraordinaire contre l'ordinaire, en se disant, là encore : « Pourquoi pas moi ? » Ce n'est pas un comportement irrationnel, comme on l'affirme, car, même si la probabilité est faible pour que l'exceptionnel se produise, elle n'est pas nulle.

Ici intervient un facteur mi-individuel, mi-social de personnalité. Des études montrent que certaines personnalités croient que ce qui leur arrive est dû non pas à leur effort, à leur savoir-faire, mais au hasard, à la chance. Si elles trouvent du travail, si elles réussissent dans leurs entreprises, si elles ont du succès, elles ont tendance à penser que ce n'est pas de leur fait, mais que la chance les a favorisées. Et puis il y a d'autres personnalités, pour lesquelles les mêmes actes, les mêmes événements et les mêmes effets apparaissent dus à leur habileté, à leur capacité à maîtriser la réalité. Des études ont été menées sur le contraste entre ces personnalités. Elles montrent combien les phénomènes objectivement identiques aux yeux d'un observateur sont vécus de manière totalement différente, eu égard à cette dichotomie de notre culture entre la compétence et la chance, entre ce qui dépendrait de notre habileté et ce qui dépend du hasard.

Si l'on creuse davantage, apparaît un autre facteur : l'amour-propre. Nous connaissons tous des gens qui ont beaucoup d'amour-propre et des gens qui en ont peu. La psychologie sociale s'est beaucoup intéressée à la différence qui existe entre eux. Dans une vieille étude menée en collaboration avec Claude Faucheux[1], nous avons montré que les gens ayant beaucoup d'amour-propre ont une vue beaucoup plus pondérée de leur rapport au réel. Alors que les gens qui ont moins d'amour-propre ont une double vision d'eux-mêmes, de leur rapport au réel. D'un côté, ils s'idéalisent, ils idéalisent leurs possibilités, d'un autre côté, ils se dévalorisent et sous-estiment leurs possibilités. D'un côté, sur le plan disons fantasmatique, ils se voient plus haut que le ciel et, de l'autre, sur le plan concret, plus bas que terre. Donc, dans cette étude où il s'agissait de prendre des risques en jouant contre la nature ou contre le hasard, selon la terminologie de la théorie des jeux, les individus qui ont beaucoup d'amour-propre prennent des risques relativement équilibrés. Alors que les individus qui ont peu d'amour-propre prennent beaucoup de risques en jouant contre la nature, qu'ils considèrent comme régulière et bienveillante. Et fort peu en jouant contre le hasard, qu'ils voient comme un adversaire hostile et incertain. Or le risque est toujours le même, c'est uniquement l'étiquette « nature » ou « hasard » qui diffère, et on peut calculer ce risque. Vous voyez les implications pratiques de ces études pour toutes les situations où l'on est amené à prendre des risques, que ce soit la recherche, l'économie, la médecine et ainsi de suite. Le raisonnement que l'on fait dépend à la fois de la personnalité et de la représentation que l'on a du hasard.

1. Moscovici S., Faucheux C., « Self esteem and exploitative behaviour in a game against chance and nature », *Journal of Personality and Social Psychology*, 8 (1), 1968.

Au fond, les conditions de la prise de risques correspondent à la façon dont un sujet apprécie l'intervention du hasard.

Puisqu'on en est au chapitre du risque, il s'agit d'un phénomène dont nous avons une très bonne connaissance en rapport avec la prise de décisions. Je ne parlerai pas de l'économie, des mathématiques, mais de la psychologie sociale, domaine où nous avons fait en France des recherches qui ont eu un retentissement certain. Pendant très longtemps, on a cru, et des expériences semblaient le vérifier, que les individus prennent plus de risques que les groupes. C'est une extrapolation de la vieille idée qu'en fait les groupes sont beaucoup moins intelligents que les individus, qu'ils ont une capacité de pensée beaucoup plus réduite. Aussi, s'ils sont moins intelligents et s'ils ont une capacité de pensée plus réduite, ils sont moins rationnels. Donc, un individu, étant plus rationnel, va prendre en compte toutes les données de la situation de risque et il prendra plus de risques. Jusqu'au jour où, un peu par hasard, il faut l'avouer, on a constaté qu'il n'en était rien. En effet, si l'on met l'accent sur la valeur de risque et si l'on demande à plusieurs individus réunis de discuter et de se mettre d'accord sur cette valeur, on observe un renversement. A savoir qu'ayant à choisir entre une solution risquée et une solution prudente les groupes optent plutôt pour la première et les individus plutôt pour la seconde, et cela pratiquement sans exception[1]. A partir de là, nous avons montré, au laboratoire de psychologie

1. Moscovici S., Doise W., Dulong R.,« Studies in group decision II – Differences of position, differences of opinion and group polarization », *European Journal of Social Psychology*, 2 (4), 1972, p. 385-397.

sociale de l'Ecole des hautes études en sciences sociales (EHESS), qu'en général les décisions collectives tendent à être plus extrêmes que les décisions individuelles, quel qu'en soit le contenu, qu'il s'agisse de risque ou d'autre chose. Tout dépend de la norme du groupe et du degré de participation et de communication de ses membres. On l'a montré à propos de décisions juridiques, professionnelles ou économiques. Je connais à ce propos une expérience menée à Carnegie-Mellon avec des gens qui sont en communication avec de nouveaux systèmes électroniques. On a montré que, pour des gens qui se consultent par l'intermédiaire des ordinateurs (et qui ne se voient donc pas), il n'y a pas toutes ces inerties et tous ces obstacles des relations interpersonnelles, et que ces gens ont toujours tendance à prendre des décisions beaucoup plus extrêmes. Si vous faites, par exemple, un questionnaire de sondage (on l'a fait) par ce moyen, les résultats en sont beaucoup plus extrêmes que pour un sondage fait par les méthodes ordinaires.

Avec des questionneurs humains…

Oui. Ce qui, je pense, expliquerait un peu les résultats, à mon avis extravagants, qu'on obtenait à *l'Heure de vérité,* par rapport à ce que les mêmes hommes politiques avaient comme résultats de sondage habituellement. Donc, dans cette situation, ce n'est pas seulement le fait qu'il y a des alternatives, que les gens peuvent mieux voir quels sont les risques encourus, que la valeur de risque est beaucoup plus contraignante en groupe, mais aussi tous ces rapports de communication interviennent et font que le groupe peut être beaucoup plus aventureux, beaucoup plus extrême en général. Si vous prenez un groupe dans une société où la norme est la prudence, alors le groupe sera beaucoup plus prudent que les individus. Mais, dans notre société, la valeur prédominante, c'est quand même le risque.

> Par ailleurs, quelle est la réaction du sens commun relativement à des phénomènes probabilistes où l'on peut définir des pourcentages, des fréquences, etc. ? Comment le sens commun utilise-t-il ces chiffres ?

Partons d'un exemple. Qu'est-ce qui constitue une information ? Une nouvelle ? Vous connaissez bien cette célèbre boutade d'un sociologue et journaliste américain qui disait : « "Un chien mord un homme" n'est pas une nouvelle, mais "Un homme mord un chien" en est une. » C'est très important pour notre propos. En général (sur ce point, il y a beaucoup de recherches), les gens n'utilisent pas beaucoup les probabilités, les fréquences, lorsqu'ils raisonnent. Un cas frappant, un cas distinct ou un cas bizarre, parce qu'il est nouveau, parce qu'il est distinct, parce qu'il est saillant, va davantage retenir leur attention, indépendamment de la fréquence de ce cas, alors que toute la statistique, toute la probabilité travaille sur le grand nombre. On pourrait dire qu'en général, selon la loi du grand nombre, nous avons tendance à réfléchir sur la loi du petit nombre. Cela ne veut pas dire que nous ne sommes pas capables de faire l'inverse parce que, quand nous sommes amenés à le faire, lorsqu'on nous le demande, nous le faisons. Mais, spontanément, nous ne le faisons pas. Spontanément, c'est le cas unique, le petit nombre qui nous attire, qui oriente notre raisonnement, ainsi que l'ont montré Kahnemann et Tversky aux Etats-Unis. Je ne vous propose pas une explication de ce penchant, car nous n'en avons pas qui soit entièrement satisfaisante.

> Les gens qui n'ont pas une très haute estime d'eux-mêmes ont tendance, disiez-vous, à considérer que le destin ou un certain nombre d'événements plus ou moins extérieurs interviennent en bien ou en mal. Dans le fait d'être superstitieux ou pas, d'avoir des comportements plus ou moins magiques, ne retrouve-t-on pas des configurations semblables ? Je pense notamment au tempérament de joueur. Pour être joueur, on n'en est pas moins sensible au sens commun.

Vous savez que le joueur, lorsqu'il mise à la roulette, par exemple, compte sur la veine ou s'attend à la déveine. En même temps, on le voit souvent se conduire de manière en apparence rationnelle, comme s'il pouvait calculer la probabilité qu'a tel ou tel numéro de sortir. Il prend une feuille de papier pour noter les nombres qui sont déjà sortis ou pour dégager une régularité. Ce faisant, il croit prévoir sur quels numéros il faut miser. Je pense que sa vraie raison est que, par ce moyen, il pense deviner l'intention du destin, le maîtriser dans un sens favorable. Est-ce un moyen ou plutôt un rite conjuratoire ? La réponse s'impose d'elle-même, car la plupart des joueurs sont assez instruits pour savoir qu'ils traitent des probabilités indépendantes comme si c'étaient des probabilités conditionnelles ; ils cherchent un lien là où il n'y en a aucun. D'ailleurs, nous procédons souvent comme le joueur en associant des phénomènes qui, objectivement, ne sont pas liés entre eux. Voilà pourquoi je ne dirais pas que le joueur est superstitieux, ou plus superstitieux que quiconque, dans la mesure où il s'agit d'un comportement fort répandu et que nous jugeons normal.

Ainsi, nous établissons des corrélations fallacieuses

entre deux séries de faits ou d'événements qui se produisent, soit en même temps, soit avec la même fréquence, etc. Par exemple, on a récemment avancé la notion de « seuil de tolérance », notion qui suppose une corrélation entre la proportion d'étrangers et celle des attitudes racistes dans une population. On en déduit qu'il est possible de calculer une valeur limite au-delà de laquelle le nombre d'étrangers n'est plus tolérable et a pour conséquence de telles attitudes. Or cette corrélation est fallacieuse dans la mesure où, d'une part, on ne tient pas compte d'autres facteurs possibles et où, d'autre part, on néglige les très nombreux cas où des pourcentages fort divers d'étrangers dans la population peuvent s'accompagner d'un même degré d'attitudes racistes. Dans cet ordre d'idées, je vous signale que plusieurs chercheurs américains ont montré directement que le racisme peut être une *conséquence* de notre propension à établir des corrélations fallacieuses. Vous voyez un petit groupe, un groupe minoritaire, que vous trouvez indésirable et par rapport auquel vous allez avoir des réactions aversives, et vous observez un petit nombre de comportements qui sont aussi négatifs, mais très peu fréquents ; donc, vous allez considérer que ces comportements sont soit très fréquents, soit typiques.

Il est superflu de multiplier les exemples pour vous convaincre de la difficulté que nous éprouvons à raisonner sur des fréquences et sur des probabilités, donc en termes de hasard. Si j'en avais l'audace, je dirais que ce n'est pas une démarche naturelle de l'esprit, ce pourquoi nous l'évitons en remplaçant les probabilités par les déterminismes et les corrélations par des relations de causalité. Ce n'est pas nouveau, car déjà les représentations sociales de cultures dites primitives, Lévy-Bruhl l'observait, ont pour axiome : il n'y a pas de hasard. Et

Einstein l'a repris à notre usage, à l'usage des représentations de notre culture, en affirmant : « Dieu ne joue pas aux dés. » Cela veut dire que le déni du fortuit est une donnée fondamentale de notre vie cognitive et affective. J'y aperçois le ressort caché de notre recherche compulsive de sens, du symbolisme en général, mais surtout du symbolisme social. Comment réduire autrement la marge d'arbitraire, de contingence, du réel ? Juste une remarque complémentaire. On a pris l'habitude de voir dans nos rationalisations des distorsions et des masques de la raison dont on pourrait se dispenser. Je serais plus indulgent en disant qu'elles sont des opérations mentales indispensables pour réduire le hasard et motiver ce qui reste contingent ou arbitraire. Rationaliser, c'est donc une manière d'affronter le hasard, c'est tirer le sens du puits du non-sens. Mais tout cela demeure superficiel tant qu'on n'aborde pas la nature du hasard. Revenons à ces corrélations fallacieuses…

> Qui sont des appréciations souvent subjectives, affectives, etc.

Bien sûr, parce que ces corrélations illusoires sont de l'ordre de l'imaginaire.

> Jusqu'à présent, nous avons parlé du hasard comme objet d'étude de la psychologie sociale : les représentations sociales du hasard, les attitudes, les comportements qui en découlent. Mais quelle est la fonction du hasard dans la pratique de la psychologie sociale ?

Brièvement, la psychologie sociale se confronte au hasard de deux manières. D'abord parce qu'elle s'occupe des phénomènes collectifs : les phénomènes collectifs ne peuvent pas être entièrement déterministes et ce sont donc des phénomènes pour une grande part statistiques. Les phénomènes d'agrégation, les phénomènes de foule, les phénomènes de masse sont des phénomènes statistiques et, pour raisonner, en fait, on introduit très souvent la notion de hasard. Deuxièmement, c'est le problème du risque, le problème de l'imprévisibilité. En fait, toutes les actions humaines – je dis là une banalité, mais il faut insister – contiennent un grand degré d'imprévisibilité, surtout les actions collectives : elles ne peuvent jamais être prévues entièrement de l'extérieur (c'est pour cela que l'on se trompe souvent en matière d'événements). D'ailleurs, elles ne peuvent pas l'être davantage de l'intérieur parce que, dans tout phénomène collectif, dans toute action collective, il entre tellement de facteurs que, forcément, cela devient une affaire de probabilités. Donc, la grande difficulté de la psychologie sociale, comme de la physique d'ailleurs, c'est de raisonner sur des phénomènes collectifs et d'éviter ces écueils : penser le collectif comme un individu, prendre un collectif et le visualiser comme un individu collectif. Par exemple, quand on dit *la classe*, on pense à une sorte d'individu collectif alors que la classe est une collectivité. C'est la même chose quand on dit *le marché*. Le marché, c'est un phénomène collectif comportant une myriade d'actes. Voyez-vous, même en science, lorsqu'on travaille sur le collectif, on risque toujours de glisser entre hasard et probabilité.

CONCLUSION = !!!

En "sciences" sociales, on ne peut prévoir.
On hésite entre "probabilité" ce qui ne veut rien dire, car la probabilité c'est la reconnaissance "scientifique" de l'ordre du hasard et le hasard

or le hasard n'existe pas | Dans (l'absolu !) quelles sont les causes du "hasard" ?

Jean-Louis Boursin

Les dés et les urnes

Les calculs
de la démocratie

Seuil

2. Le hasard et la vie sociale

Entretien avec Jean-Louis Boursin, professeur d'université (Institut d'études politiques de Paris).

ÉMILE NOËL: Dans la vie quotidienne, les gens dans la rue, dans leur maison, à la campagne, au travail, etc., ont couramment l'impression d'être confrontés à des phénomènes qu'ils ne prévoient pas, et ils parlent de hasard. Vous, à l'inverse, vous cherchez à comprendre l'organisation et le fonctionnement de la vie sociale. Rencontrez-vous aussi le hasard dans votre activité ?

JEAN-LOUIS BOURSIN : Tout à fait. Et j'allais dire que, s'il n'y avait pas de hasard, une grande partie de l'activité statistique, administrative, prévisionnelle... ne serait pas possible. C'est justement parce qu'un grand nombre de phénomènes sont régis par des lois, les « lois du hasard », que l'on peut en tirer des règles, des permanences, des constances qui sont à la base des modes d'action. Vous disiez que les gens ont l'impression d'être soumis au hasard. C'est vrai de *leur* point de vue. Du point de vue individuel, il y a un hasard. Du point de vue collectif, il n'y en a pas ou très peu. Un exemple, si vous voulez. Nous savons bien, hélas ! que le prochain week-end il y aura entre quarante et soixante morts sur les routes de France. Pour les personnes qui seront affectées par ces accidents, il y a une grande part de hasard. Même si les responsabilités individuelles pèsent, il reste tout de même une part de hasard. Pour les hôpitaux, pour les services de la gendarmerie, il n'y a, malheureusement, pas de hasard. Selon qu'on se place du point de vue individuel ou collectif, il y a hasard ou il y a matière à prévisions, et les deux sont indissolublement liés. S'il n'y avait pas hasard individuel, il n'y aurait pas constance collective.

> Je vois. L'absence de hasard dans le traitement statistique vient de la grande quantité de données qui sont traitées. En d'autres termes, une population a un certain nombre de comportements prévisibles dans une fourchette définissable.

Tout à fait. La démarche scientifique n'est possible que parce qu'il y a une certaine quantité d'individus à observer. Par exemple, lorsqu'un sondage est publié, la loi exige aujourd'hui que l'on indique le nombre de personnes qui ont été interrogées. Dans la plupart des sondages publiés, vous voyez environ 700, 900 personnes interrogées. Il est clair qu'en interrogeant deux ou trois personnes il n'est pas possible de tirer la moindre conclusion. Donc, le nombre est quelque chose d'essentiel pour l'utilisation des techniques statistiques.

> On comprend bien l'exemple des accidents de la route que vous avez donné tout à l'heure. La prévision ne peut pas dire que c'est M. ou Mme Untel qui sera accidenté. C'est simplement un nombre donné de victimes.

Tout à fait.

> Dans les sondages, on entend cela à la radio, à la télévision, on parle d'« échantillon représentatif ». Quelle est la nature de cet échantillon représentatif ? En quoi est-il représentatif et comment est-il défini comme tel ?

C'est une question assez longue et technique. Je vais essayer de répondre simplement. Pour qu'un échantillon soit représentatif, il faut d'abord qu'il comporte un effectif suffisant. Je disais tout à l'heure 700, 900 personnes. C'est vraiment le minimum au-dessous duquel on ne peut pas prétendre faire un travail sérieux.

> Est-ce qu'il y a un rapport avec la population ?

Aucun. C'est une chose très, très curieuse, peu connue et mal comprise. J'ai, dans mes archives, une intervention absolument extraordinaire d'un sénateur des Etats-Unis qui proférait des énormités, des âneries statistiques, à la tribune du Sénat : « Pour connaître l'opinion de la population sur tel ou tel projet dans ma commune de Baton Rouge, il suffirait que j'interroge 200 personnes. Sur l'ensemble de la Louisiane, il faudrait que j'en interroge 2 000, et, sur l'ensemble des Etats-Unis, il faudrait probablement en interroger 20 000 ou 25 000. » C'est une absurdité. La précision dépend du nombre de personnes interrogées et absolument pas de la population dans laquelle cet échantillon a été prélevé. Il y a un épisode dont certains se souviennent peut-être : M. Poniatowski, qui était à l'époque ministre de l'Intérieur, a voulu, lors d'une réunion politique de campagne électorale, critiquer les sondages d'opinion, affirmer que les sondages, qui donnaient à l'époque la majorité comme battue, n'étaient pas fiables et qu'il ne fallait pas se laisser démoraliser. Ce sondage, comme la plupart des sondages politiques, portait sur 1 000 personnes. Et M. Poniatowski a utilisé cette merveilleuse image : « Vous interrogez 1 000 personnes dans toute la France, cela fait deux personnes par circonscription législative. Mais comment voulez-vous qu'avec deux personnes dans une circonscription on puisse avoir quelque idée de la façon dont la circonscription votera ? » Et il en tirait la conclusion, devant cette assemblée de militants politiques : « Ne vous laissez pas démoraliser. Les sondages ne sont pas sérieux. » Bien entendu, lui, il savait qu'ils étaient sérieux et que ce n'était pas en interrogeant deux personnes par circonscription qu'on avait construit ainsi les modèles.

> Si je vous comprends bien, 1 000 personnes pour toute la France, 1 000 personnes pour un département, c'est la même chose ?

Absolument. Cela coûte aussi cher, si vous voulez ; pour les dernières élections au scrutin proportionnel, la circonscription était le département. Bien entendu, les candidats voulaient savoir quelle était la température dans leur circonscription. Donc, il fallait interroger des échantillons représentatifs sur l'ensemble d'un département. Eh bien, les échantillons avaient exactement la même taille que ceux qui avaient été nécessaires aux élections précédentes, où il y avait une circonscription législative, c'est-à-dire quelque chose de beaucoup plus petit qu'un département. Dans tous les cas, pour une précision de plus ou moins 2 % (2 points), il faut avoir un échantillon d'environ 1 000 personnes.

Est-ce qu'on peut expliquer, sans formalisme technique, pourquoi ce chiffre d'environ 1 000 personnes est valable pour la population d'un département comme pour celle d'un Etat complet ?

Il faut vraiment un tableau noir ou un papier et un crayon pour l'expliquer. C'est une question de calcul. Le calcul est relativement simple. Il est à la portée d'un lecteur d'ouvrages relativement « grand public » de voir qu'avec des hypothèses assez générales la précision d'un échantillon varie comme la racine carrée du nombre de personnes de l'échantillon[1]. Autrement dit, si vous voulez avoir dix fois plus de précision, il faudra interroger cent fois plus de personnes.

Vous venez de répondre. Cet effet contraint, pour obtenir une infime précision supplémentaire, à interroger une grande quantité de personnes.

Exactement. Cela coûte très cher.

On peut donc considérer que l'échantillon est représentatif par sa taille et non pas parce qu'il contient autant de représentants de chaque classe sociale qu'il y en a dans la population envisagée.

Non, bien sûr. La façon dont vous formulez la question est un piège. Un échantillon est-il représentatif à cause de son importance ? Sûrement pas. Il y a un exemple historiquement très célèbre qui a causé la perte d'une revue américaine. Le *Literary Digest*, dans les années trente, faisait ce qu'il appelait des « votes de paille ». C'est-à-dire qu'il demandait à ses lecteurs de renvoyer un bulletin pour dire pour qui ils allaient voter aux élections pré-

1. Cf. Jean-Louis Boursin, *Comprendre les statistiques descriptives*, Paris, Armand Colin, 1988.

sidentielles suivantes. Les votes de paille ont eu beaucoup de succès dans les élections présidentielles entre les années 1920 et 1936, à peu près, et atteignaient des nombres de réponses extraordinaires. On renvoyait 5 millions, 6 millions, 7 millions de bulletins-réponse. Pourtant, la précision des prédictions de l'hebdomadaire n'était pas à la mesure de ces résultats. C'est même comme cela que M. Gallup s'est fait connaître. Il avait un tout petit institut. En fait, il travaillait pour sa belle-mère. Mais il faisait des sondages, lui, selon des méthodes scientifiques, c'est-à-dire qu'il choisissait les personnes avec un certain nombre de critères de représentativité, au lieu d'envoyer des questionnaires tous azimuts et d'attendre qu'ils rentrent un petit peu au hasard. Et M. Gallup a prévu un certain nombre de résultats d'élections que le *Literary Digest* n'avait pas prévus ; la revue a même sombré dans le ridicule parce que, quand on interroge 8 millions de personnes et qu'on se trompe, on a l'air plutôt ridicule à côté d'un chercheur en sciences sociales d'une petite université peu connue qui interroge 2 000 personnes et qui donne le résultat. Il faut avoir des méthodes extrêmement précises, des méthodes aléatoires. Il faut connaître la structure socioprofessionnelle de la population que l'on va interroger. En France, il existe des statistiques publiées par l'INSEE, accessibles à chacun. Un échantillon normalement représentatif doit comporter telle proportion d'employés, telle proportion d'ouvriers, telle proportion de femmes, de jeunes, de vieux, et ainsi de suite. Lorsque les questions ont été posées, lorsque les questionnaires ont été « administrés », on contrôle que l'échantillon est bien conforme à ce que l'on attendait pour la population. Ce sont les fameux « redressements » dont on entend parler et qui donnent parfois lieu à des polémiques : c'est vrai qu'un échantillon peut être redressé de plusieurs façons. Parce qu'il n'est pas conforme pour la répartition par sexe, parce qu'il n'est pas conforme pour la répartition par âge, par métier, et, selon que l'on choisit tel ou tel redressement, les résultats sont très légèrement différents. Un exemple assez connu dans les sociétés de sondage concerne les redressements sur les opinions politiques. C'est évidemment extrêmement risqué, puisque ces sondages sont justement faits pour interroger les gens sur leurs opinions politiques. Quand on leur demande pour qui ils vont voter, on leur demande souvent, à titre de variable de contrôle, pour qui ils ont voté la fois précédente. Ce qui permet un recoupement. Il y a des phénomènes bien connus qui font que les gens qui ont voté pour des partis extrémistes – Parti communiste ou Front national – ne le disent pas volontiers à l'agent qui fait le sondage, même si l'on prend des précautions pour assurer un certain anonymat (on leur fait mettre un bulletin dans une urne, etc.). Les taux sont toujours un peu sous-estimés par rapport à ce qu'ils sont dans l'isoloir. Donc, il faut faire un redressement, et c'est l'une des explications des erreurs des sondages lors des dernières élections législatives. Les instituts de sondage n'avaient pas prévu un score si bas pour le Parti communiste. Les redressements ont été faits sur la base de chiffres anciens, de chiffres que l'on connaissait à partir de l'expérience de vingt-cinq années de sondages : lorsque cela s'est un peu modifié, on a été surpris. Donc, vous voyez, le redressement est quelque chose d'extrêmement fragile, et la Commission des sondages, qui a justement pour mission de veiller à la sincérité de cette pratique, est extrêmement vigilante en ce qui concerne les redressements.

Le sondage n'est qu'un des aspects de l'approche statistique de la compréhension de notre société.

Ce qui spécifie et différencie le sondage d'opinion, c'est peut-être la façon de s'y prendre. On recueille les données sur des bases plus psychologiques que pour, par exemple, des problèmes économiques ou démographiques…

Bien sûr. Vous avez raison. Si ce n'est quand même que le mot sondage s'emploie pour bien d'autres choses. Actuellement, quand on entend parler de sondage, tout le monde s'attend à la cote de popularité du Premier ministre ou de tel ou tel homme politique. En réalité, le sondage et les instituts de sondage vivent à longueur d'année sur tout autre chose que ce type de questions. On fait des sondages pour des recherches de consommation, pour des études de marché. On fait des sondages pour examiner la qualité des objets produits par une machine : une machine produit des objets à la chaîne ; on en prélève un sur dix ou un sur cent, cela s'appelle aussi un sondage et les méthodes s'appliquent à ces contrôles de qualité. Mais c'est vrai que, dans l'esprit du public, sondages, maintenant, ce sont des questions posées. Là aussi, cela pose un problème, cela introduit des erreurs que les statisticiens récusent en disant : « Ce n'est pas nous, ces erreurs ! Nous, on traite un sondage : donnez-nous des réponses fiables et on vous donnera des résultats fiables. » Il s'agit, par exemple, de savoir s'il y a, ou non, une salle de bains dans les appartements. Là, c'est tout à fait facile : la réponse est *oui* ou *non* et il n'y a absolument aucune erreur. En revanche, les sondages sur les opinions politiques, sur les goûts de consommation, sur les désirs en matière de loisirs sont toujours sujets à caution. C'est vraiment un problème de psychologue, ce n'est pas du tout un problème de statisticien. Pour cela aussi, il y a un exemple souvent raconté. Il faut dire que

Une fourchette
à larges dents

La proportion des partisans d'un dirigeant politique dans la population étant p, on prouve que la proportion observée de ses partisans dans un échantillon de n personnes suit une distribution approximativement gaussienne

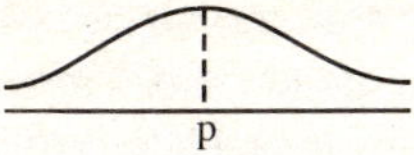

de moyenne p et d'écart type $\sigma = \sqrt{\frac{p\,(1-p)}{n}}$

Une table de la loi de Gauss montre, par exemple, que, avec une probabilité de 0,95, la proportion observée sur l'échantillon se trouve dans la fourchette

$$p - 2\,\sigma \qquad\qquad p = 2\,\sigma$$

La largeur de la fourchette est donc 4 σ.
Comment l'évaluer plus précisément ? On peut remarquer que le produit

$$4p\,(1\text{-}p)$$

est toujours inférieur à 1, et qu'il prend cette valeur 1 dans le cas p = 1/2, qui est donc le cas le plus défavorable pour la fourchette. Comment a-t-on remarqué cette inégalité ? Elle ressortit plutôt des récréations mathématiques : c'est le cas bien connu des rectangles de périmètre 4, de dimensions 2 p et 2 (1-p), d'aire 4p (1-p) : celui qui a l'aire la plus grande est le carré, qui a donc pour côté 1 : alors p = 1/2 et 4p (1-p) = 1
La largeur de la fourchette est donc au plus de :

$$4\,\sigma \leq 2\sqrt{\frac{4\,p\,(1-p)}{n}} < \frac{2}{\sqrt{n}}$$

Par exemple, avec n = 1024, $\sqrt{n} = 32$ et la fourchette est de l'ordre de

$$\frac{2}{32} = \frac{1}{16} \qquad \text{ou } 6{,}25\%$$

Une erreur de 3 points en plus ou en moins est donc parfaitement naturelle pour une proportion réelle de l'ordre de 1/2. Nous sommes bien loin de l'apparente précision des commentateurs qui estiment que la cote de popularité du Premier ministre a baissé, parce qu'un sondage la montre à 47 % alors que le précédent la montrait à 48 % !
Pour être tout à fait juste, il faut signaler que les instituts utilisent une méthode un peu plus raffinée que l'échantillonnage purement aléatoire qui est examiné ici, mais la fourchette reste de l'ordre de plusieurs points de pourcentage, pour un échantillon d'environ 1 000 personnes. On peut aussi noter que, si on multiplie n par 100 dans la formule précédente qui donne la largeur de la fourchette, celle-ci n'est divisée que par $\sqrt{100} = 10$. C'est dire que des exigences pour une fourchette plus étroite risquent de s'avérer très coûteuses.

les statisticiens se racontent beaucoup d'histoires parce que les soirées électorales sont toujours un peu longues. Pendant que les ordinateurs tournent, on se raconte des histoires, et il y en a une qui est restée célèbre, c'est celle de la Ford Edsel, un modèle lancé par les usines Ford à grand renfort de sondages, justement. On a fait de grandes études de marché et on a demandé aux consommateurs leur avis : quelle était, selon eux, la voiture idéale ? On a construit à coup de questionnaires la voiture idéale. Cela a été un four extraordinaire, le plus grand échec industriel de Ford, pas du tout pour des raisons de statistiques, mais pour des raisons psychologiques : les gens n'achètent pas la voiture qu'ils sont prêts, par ailleurs, à décrire comme la voiture idéale.

> On devrait considérer les sondages d'opinion comme très spécifiques et très différents des autres sondages.

Tout à fait. Il y a la technique générale du sondage, et une application particulière : le sondage de l'opinion publique.

> Venons-en à la méthode et aux différentes techniques qui en découlent pour traiter les données qui ont été, admettons-le, recueillies de façon fiable pour obtenir un portrait convenable du champ social et pouvoir prédire, ultérieurement, telle ou telle forme d'évolution.

D'abord, il faut être extraordinairement prudent dans la formulation des questions. Et c'est vrai que : « Avez-vous une bonne opinion de M. Untel ? », « Etes-vous prêt à voter pour M. Untel ? », « Pensez-vous que M. Untel gagnera les élections ? », « Souhaitez-vous que M. Untel gagne les élections ? » sont des questions distinctes, et on obtient des taux de réponses positives extraordinairement différents. Donc, il faut être d'une prudence extrême, et les instituts de sondage, en général, le sont. Très souvent, d'ailleurs, les questionnaires sont rodés. Ils sont essayés sur un tout petit échantillon, donc sans valeur statistique, simplement pour voir si la question est bien comprise comme on voudrait qu'elle le soit par le public. Je crois que, maintenant, cette prudence est générale, en tout cas en France (car la France détient le record du monde des sondages politiques publiés, en moyenne deux par jour, aucun pays au monde n'en publie autant. Les Français se sont pris de passion pour ce petit jeu, ce hit-parade des hommes politiques).

> Bon. Mais, d'un point de vue strictement technique, quelles sont les méthodes mises en œuvre ?

D'un point de vue strictement technique, il y a deux grands types de méthodes. Pour être très sommaire, l'un a la faveur des Américains, l'autre celle des Français. La méthode qui a la faveur des Américains est strictement aléatoire, c'est le tirage au sort. Dans une urne, on tire des numéros de téléphone. Il y a, bien entendu, des machines qui le font. Elles appellent un certain nombre de gens au hasard d'après les numéros de téléphone générés par un ordinateur. L'autre méthode, celle qui a plus la faveur de la France, c'est la méthode dite des *quotas*. On étudie la population en fonction d'un certain nombre de variables que l'on appelle « variables de contrôle » et qui sont, comme je le disais tout à l'heure, l'âge, le sexe, la catégorie socioprofessionnelle, éventuellement les habitudes de consommation, la taille de la famille… S'il s'agit d'une enquête sur les voitures, par exemple, il est important que le hasard ne vous fasse pas interroger exclusivement des célibataires qui vont tous vous dire : « Moi, je veux un coupé à deux places. » Donc, avec les variables de contrôle, on s'arrange pour construire un échantillon représentatif de la population. C'est une méthode qui est très en faveur en France et qui l'est nettement moins outre-Atlantique. Voilà pour les deux grandes méthodes suivant lesquelles on construit des échantillons.

> Intuitivement, j'avais tendance à penser que la méthode américaine est la plus strictement scientifique.

Vous avez à la fois raison et tort. La méthode américaine est enseignée dans des cours élémentaires de statistiques, parce que c'est celle sur laquelle la technique mathématique, la technique scientifique, s'applique très bien. La méthode du sondage aléatoire est tout à fait capable de vous donner les marges d'erreur, les fourchettes avec beaucoup de précision. C'est ce que l'on sait calculer, cela fait deux siècles qu'on sait le faire. En revanche, pour les méthodes françaises, on sait que l'on améliore avec les variables de contrôle, mais on ne sait pas exactement de combien. Avec notre méthode, on sait que la précision est « mieux que » ou que la fourchette est de « moins de », mais combien en moins exactement, il n'y a pas de théorie très précise là-dessus.

> Selon les variables de contrôle utilisées, on va induire des résultats différents, tout de même.

Tout à fait. Et c'est là que les statisticiens cèdent un peu le pas et doivent s'effacer derrière ceux, par exemple, qui connaissent le produit (s'il s'agit d'une étude de marché) ou ceux qui connaissent le monde politique. Je ne révèle pas de secret en disant que, quand on fait des redressements, les soirs d'élections, il y a plusieurs redressements possibles; on les fait apparaître sur l'écran, et le statisticien se retire de la table et laisse approcher les politologues en leur disant : « Eh bien, voici les différents redressements auxquels je peux arriver, lequel vous paraît le plus vraisemblable ? »

Là, vraiment, la technique au sens étroit de terme n'a plus rien à dire, c'est plutôt le « flair » de celui qui connaît très bien son public, qui connaît très bien l'histoire électorale française, etc., et qui peut dire : « Ce redressement-là ne tient pas debout. C'est un résultat auquel je ne peux pas croire. » Cela a été le cas, je vous le disais tout à l'heure, pour les prévisions des résultats du Parti communiste. Quand on faisait des redressements et que l'on disait : « Le Parti communiste est à 5 % », les politologues qui connaissaient l'histoire électorale française disaient : « 5 %, le Parti communiste ? Mais ce n'est pas possible, vos redressements ne sont pas bons, il y a quelque chose qui ne va pas. » Une telle affirmation est tout à fait extra-statistique.

> Ici, on aborde le problème de la prévision. On utilise la modélisation, surtout avec les moyens électroniques et informatiques d'aujourd'hui.

C'est, d'une façon générale, la démarche scientifique. On quitte le champ étroit de la statistique, le champ du hasard. La démarche scientifique, c'est, à partir de l'observation du réel, construire un modèle. Ensuite, à l'intérieur de ce modèle, faire des raisonnements déductifs, des calculs, des cheminements, des suites de théorèmes, de résultats, et puis prévoir. Enfin, il y a le contrôle expérimental : est-ce que la prévision faite sur le modèle est vérifiée ou non par l'expérience ? A peu près toute la démarche scientifique en physique, en chimie, en astronomie, en statistique, repose sur ce schéma.

C'est vrai que la statistique est un moyen très puissant pour construire des modèles à partir d'une observation des données. Notre difficulté, celle de tous les scientifiques aujourd'hui, c'est qu'ils ont trop de données; on observe tellement de paramètres qu'on ne sait plus comment les regarder. On a des listes de résultats (les ordinateurs peuvent sortir des listes extrêmement nombreuses), des valises entières remplies de listings, mais qu'est-ce qu'on peut en faire? Devant cela, la statistique est très puissante, pour réduire ces grandes quantités à un petit nombre de données (cela s'appelle d'ailleurs l'« analyse des données ») dont on va pouvoir faire un modèle qui servira, à son tour, à faire des prévisions.

Alors, pour vous, le mot « hasard » désigne une approche strictement *aléatoire*, c'est-à-dire de l'aléatoire, des probabilités?

Absolument. Il faut même que ce soit de l'aléatoire pur, non faussé, pour que la théorie statistique puisse s'appliquer. Si l'aléatoire se trouve faussé d'une façon ou d'une autre, la théorie s'effondre. Je vous donne un exemple. Une des applications les plus solides du calcul des probabilités, c'est la théorie des assurances (où le calcul des probabilités trouve son origine, d'ailleurs). Les compagnies d'assurances, depuis plusieurs siècles, fonctionnent sur des calculs de probabilités. Il est clair qu'une compagnie d'assurances ne peut fonctionner que si le hasard reste pur. C'est la raison pour laquelle la loi française interdit d'assurer deux fois le même objet auprès de deux compagnies différentes de façon à, en cas de sinistre, toucher deux fois le prix de l'objet. C'est que le législateur a soupçonné qu'alors le hasard ne serait plus pur. Dans ce cas, il y aurait une tentation trop forte pour le propriétaire de l'objet de provoquer sa perte pour obtenir un enrichissement. Je vous donne un autre exemple : dans la région parisienne, un candidat aux élections législatives soupçonnait de fraude un certain nombre de bureaux de vote. Il pensait que, dans ces bureaux-là, il y avait ce risque parce qu'il n'avait pas confiance en ceux qui tenaient les bureaux. Il a fait faire des sondages extrêmement précis, il a fait une étude sur les élections précédentes et, muni de ces chiffres et des résultats, centaine par centaine, il est allé au tribunal administratif et a affirmé que le hasard ne pouvait pas produire cela. « Voilà une centaine de bulletins qui donnent 98 bulletins à mon adversaire et 2 à moi, cela n'est pas possible. Le calcul des probabilités montre que cela a 1 chance sur 10 millions ou 15 millions de se produire. » Le tribunal administratif lui a donné raison. Sur un simple raisonnement probabiliste, on a estimé que la probabilité de fraude était plus forte que la présomption – qui est quand même attendue lorsque l'on met en place des scrutateurs pour contrôler un bureau de vote – d'un déroulement selon les règles.

> Donc, pour vous, le hasard n'est qu'une métaphore du calcul des probabilités ?

Oui. Avec une petite nuance. Il y a du hasard : je ne sais pas l'étudier. Je peux calculer des probabilités, je peux mesurer le hasard, alors, là, je sais l'étudier.

> Même si vous dites que les probabilités sont la mesure du hasard, vous posez qu'il existe quelque chose que l'on peut légitimement nommer hasard.

Nous sommes partis de là au début de cet entretien. Ce qui est constance au niveau collectif est hasard au niveau individuel. Isolez par la pensée, dans cette pièce, un verre rempli d'air, ce que nous appelons habituellement un verre vide. Il y a dans ce verre des millions de molécules de gaz qui sont animées de mouvements erratiques – l'agitation thermique. Ces mouvements, nous les considérons au niveau de chaque molécule comme strictement dus au hasard. Au niveau global, il y a une certaine constance – la preuve, c'est que le verre ne bouge pas, si on y trempe le doigt, on ne ressent pas de courant d'air –, donc, les molécules se déplacent dans des directions qui s'annulent statistiquement.

> Il y a très peu de chances pour que toutes les molécules d'air de cette salle se retrouvent sous la table dans quelques instants.

Probable ! Vous faites allusion à un calcul effectué par Emile Borel. C'est là un événement dont on peut calculer la probabilité. C'est vrai qu'il ne serait pas impossible, au sens rigoureux et absolu de ce terme, que, d'un seul coup, par l'effet de l'agitation thermique, toutes les molécules de la pièce passent sous le bureau. Naturellement, nous serions l'un et l'autre asphyxiés avant même d'avoir pu terminer notre conversation.

> Mais la probabilité est si faible qu'on n'y croit pas du tout.

Et on a raison. Emile Borel a beaucoup réfléchi là-dessus : il a dit qu'il y avait une limite humaine aux événements et qu'il fallait prendre cette limite en considération. Un événement de probabilité suffisamment faible, disait Emile Borel, ne se produit pas. Vous voyez, il franchissait le pas qui consiste à aller de « extrêmement peu probable » jusqu'à « ne se produit pas ». Lui-même donnait une façon de calculer cette limite en disant que, pour un homme en bonne santé et d'âge moyen, on peut calculer la probabilité pour qu'il meure dans la minute qui suit d'une crise cardiaque. Cette probabilité n'est pas nulle, c'est 1 sur une grande puissance de 10. Emile Borel disait que, pour que la vie soit possible, il faut évidemment considérer qu'un événement dont la probabilité est inférieure à celle-là ne se produit pas ; le considérer comme impossible. Donc, tout événement qui est moins probable que mon propre décès dans la minute qui suit ne m'intéresse pas ; je décide de ne pas en tenir compte. Les miracles statistiques qu'Emile Borel avait décrits et qui ont eu beaucoup de succès, les singes dactylographes, l'air qui se précipite sous la table, une brique qui s'élève d'un seul coup parce que toutes ses molécules ont un mouvement vers le haut... tout cela, si quelqu'un nous le raconte, nous penserons qu'il se trompe ou qu'il ment. En tout cas, son erreur ou son mensonge sont plus probables que le fait qu'il ait vu réellement l'événement se produire.

Dans le champ social on trouve des événements tout aussi improbables.

En effet. Mais, dans la vie sociale, c'est un peu différent dans la mesure où la plupart des calculs de probabilités supposent une indépendance des événements : les molécules se déplacent bien indépendamment les unes des autres. Ce n'est pas tout à fait vrai en ce qui concerne le social : quand une foule se détermine face à telle personne ou à tel événement, les gens ne sont pas indépendants les uns des autres ; ils se laissent entraîner les uns par les autres, ce n'est plus vraiment le hasard.

C'est plus complexe.

Oui, beaucoup plus complexe. La psychologie des foules utilise un peu le calcul des probabilités, mais elle a besoin de bien d'autres notions autrement plus difficiles.

LE NOMBRE

EXISTÂT-T'IL
autrement qu'hallucination éparse d'agonie

COMMENÇÂT-IL ET CESSÂT-IL
sourdant que nié et clos quand apparu
enfin
par quelque profusion répandue en rareté
SE CHIFFRÂT-IL

évidence de la somme pour peu qu'une
ILLUMINÂT-IL

LE HASARD

Choit
la plume
rythmique suspens du sinistre
s'ensevelir
aux écumes originelles
naguères d'où sursauta son délire jusqu'à une cime
flétrie
par la neutralité identique du gouffre

Un coup de dés jamais n'abolira le hasard a été publié par E. Bonniot en 1914, d'après les épreuves corrigées par Mallarmé pour la grande édition qu'il préparait à sa mort à l'imprimerie Didot avec les illustrations de Redon.

3. Hasard et langage

Entretien avec Jean-Claude Milner, professeur à l'université Paris-VII.

ÉMILE NOËL : Il n'est pas nécessaire d'être linguiste, il suffit d'avoir un peu lu sur le sujet pour admettre l'idée que l'arbitraire est constitutif de la langue. Le rôle du hasard est moins certain. En linguistique comme en d'autres domaines, une double question se pose : le hasard est-il constitutif de cette discipline et comment l'est-il ? La discipline étudiée exprime-t-elle le hasard ou l'étudie-t-elle ? Commençons par la première question concernant la constitution de la langue : est-ce que cela ne reviendrait pas à s'intéresser aux rapports de l'arbitraire et du hasard ?

JEAN-CLAUDE MILNER : Je partirai de Mallarmé : « Un coup de dés jamais n'abolira le hasard. » Il est clair que le hasard auquel il pensait était celui qui régit les relations du son au sens. Le mot « hasard » est étymologiquement issu d'un mot arabe qui signifie « jeu de dés » ; Mallarmé, vraisemblablement, le savait, en sorte que l'on pourrait interpréter : le coup de dés qu'on déchiffre dans le mot « hasard » n'abolit pas le mot « hasard » lui-même. On voit que le hasard auquel Mallarmé songeait était, à ses yeux, intégralement constitutif du langage. Si l'on aborde la question en termes de science du langage, de linguistique, on ne peut que lui donner raison. A vrai dire, le hasard, en tant qu'il régit les relations du son au sens, est un concept plus profond que le concept d'« arbitraire » employé par Saussure. L'arbitraire renvoie à la notion d'arbitrage, donc à la notion de décision et, finalement, invoque d'une manière plus ou moins explicite la figure d'un législateur fictif. Or de tels législateurs n'existent pas. Dès lors, la formulation de Saussure, à certains égards très éclairante, est néanmoins prise dans une représentation imaginaire qui peut servir à masquer le véritable problème. Le véritable problème est fondamentalement celui-ci : le fait que telle forme matérielle soit, dans une conjoncture de langue donnée, reliable à telle interprétation doit être, dans un premier temps, pensé comme relevant entièrement du hasard, c'est-à-dire comme quelque chose qui pourrait être absolument autre qu'elle n'est.

Une forme d'arbitrarité hasardeuse, en quelque sorte.

La notion d'arbitraire est ce qui permet d'imaginer le hasard sous une forme supportable. On comprend très bien pourquoi Saussure a préféré dire « arbitraire » plutôt que « hasardeux » ou « aléatoire ». C'est que l'instance du hasard ne fonctionne que dans un premier temps. Mais, ce premier temps, on ne peut rien en faire. A partir du moment où l'on a dit que les configurations linguistiques sont totalement aléatoires, donc qu'elles pourraient être entièrement autres qu'elles ne sont, le problème de la science du langage n'est pas d'expliquer comment elles pourraient être autres, mais comment elles sont. Le second temps consiste donc à recouvrir, à oblitérer le premier, et ce passage du premier temps au second temps de quasi-nécessité peut être assuré d'une manière, disons, commode, pas forcément la meilleure, mais en tout cas commode, par le terme saussurien d'« arbitraire ».

> L'émergence du langage, c'est essentiellement l'émergence de la parole, donc, effectivement, le rapport du son au sens. L'écrit viendra ultérieurement. Vous avez signalé l'importance de la contingence. Mais tout le monde est d'accord pour dire que le langage obéit à des règles. Est-ce qu'il n'y a pas contradiction entre le hasard et la nécessité des règles ?

Je partirai de l'abord scientifique du langage. La science du langage consiste, d'abord, à problématiser le fait même que le langage existe. Pas nécessairement répondre à la question de son origine, mais rendre compte qu'il n'y a aucune nécessité, divine ou autre, à ce que le langage existe. Ensuite, à établir qu'il n'y a pas non plus de nécessité, divine ou autre, à ce qu'il soit comme il est. C'est cela que j'appellerai le hasard. Evidemment, le second temps, comme je le disais, consiste à expliquer qu'il soit comme il est. Quand on décrit le langage dans son ensemble, ou telle langue particulière, il reste à montrer que tel ou tel caractère s'explique en liaison avec tel autre. Cette mise en relation prendra, dans le meilleur des cas, la forme d'une déduction : « Etant donné tel ensemble de caractères, on peut déduire logiquement que telle ou telle chose va se passer. » Voilà l'objectif de la science du langage. Tout cela prendra effectivement la forme de régularités ; dans des formes particulièrement formalisées de la science du langage, ces régularités pourront revêtir un caractère mathématique, en tout cas logico-mathématique. On peut, en effet, avoir le sentiment d'une contradiction entre cette instance du hasard et celle de la régularité, de la déductibilité. Mais, en réalité, ce qui permet à la science du langage d'exposer des régularités et, dans certains cas, des déductibilités, c'est ce premier temps qui consiste à affirmer qu'il n'y a pas de nécessité divine à ce que les langues soient comme elles sont. S'il y avait une nécessité divine, il n'y aurait pas de science du langage. C'est donc cette suspension à un hasard fondamental qui permet l'articulation des règles, si formalisées qu'elles soient.

> Les lois sont là pour déterminer la façon dont les choses vont s'articuler. Elles organisent la dynamique du développement du langage à partir de certaines cristallisations initiales qui ont pu être hasardeuses.

Quelque chose de cet ordre. Je n'ai pas le sentiment que, ce faisant, la science du langage se distingue d'autres démarches scientifiques. Après tout, s'il était logiquement nécessaire que l'univers fût comme il est, on peut se demander si la science de l'univers serait possible. Cette dernière repose de fait sur ce premier axiome d'une contingence radicale.

> Comment peut-on articuler hasard et contingence ? En s'intéressant aux similitudes-divergences des différents langages ?

La notion de similitude est en elle-même extrêmement intéressante. Si l'on étudie les diverses langues du monde – personne ne sait combien il y en a, parce qu'on ne sait pas comment les compter –, on observe des régularités, des ressemblances, des similitudes. Elles sont fondamentalement de deux espèces. D'une part, des similitudes qui renvoient ou qui peuvent renvoyer à l'être parlant. Un exemple très simple : nous ne connaissons pas de langue qui n'ait pas une forme parlée comme première forme fondamentale. Ce qui, quand on y réfléchit, ne va pas du tout de soi. Cette similitude-là renvoie très certainement à quelque chose du côté de l'être parlant. Mais là s'engage une investigation complexe de ce que l'on peut appeler la « génétique » du langage. Cela renvoie aussi à quelque chose qui peut être lui-même frappé de hasard. On pourrait imaginer que l'être parlant soit autrement qu'il n'est, mais le hasard est, là, repoussé d'un cran : c'est à la biologie de traiter la chose. La linguistique, quant à elle, prend l'être parlant comme il est. Quant au second type de ressemblances, considérons un exemple tout à fait frappant : les ressemblances entre le français, l'italien et l'espagnol ne renvoient absolument pas à une quelconque ressemblance de structure génétique entre les Italiens, les Français et les Espagnols. Ce serait absurde de penser une chose de ce genre. Cela renvoie à une communauté historique tout à fait repérable : l'Empire romain. Ces trois langues dérivent d'une langue unique, le latin. Dans ce second cas, le raisonnement qui fait preuve, c'est que, justement, les formes similaires du français, de l'italien ou de l'espagnol *ne peuvent pas* être ramenées à des nécessités génétiques. C'est précisément ce qu'il y a de contingent, de hasardeux dans les formes de chaque langue qui atteste que leurs ressemblances font preuve d'une communauté d'origine historique. C'est une démarche similaire qui permet cette reconstruction extraordinaire, par la grammaire comparée, d'une langue que l'on appelle l'indo-européen, dont on n'a aucune trace écrite, aucune trace parlée, sinon des langues très éloignées de leur source commune.

> C'est une forme de paléontologie linguistique.

C'est une forme de paléontologie linguistique qui repose entièrement sur le fait que, à la différence de la paléontologie animale, il n'y a pas de relation de nécessité entre les formes de langues et les contraintes biologiques. Il en va de même des contraintes économiques. Vous pouvez avoir des formes économiques très diverses qui vont utiliser des formes de langues absolument semblables.

> Est-ce qu'on explique aussi facilement les divergences ? Par exemple, pour reprendre le français, l'italien et l'espagnol, qui, partant d'une même langue initiale, divergent.

Les ressemblances ne sont pas la chose la plus difficile. Les divergences le sont beaucoup plus. A ma connaissance, on n'arrive pas à dépasser, en tout cas de façon convaincante, le pur et simple aléatoire, au sens où, en l'occurrence, il n'y a pas de théorie.

> Je vous propose d'examiner maintenant le second volet : comment le hasard est-il exprimé par les langues, ou, plus exactement, comment s'y manifeste-t-il ?

Si l'on donne au mot « hasard » la définition qu'en a donnée le philosophe Cournot au XIXe siècle, un « entrecroisement de séries causales indépendantes », alors, il n'est pas absolument certain que toutes les langues aient un nom pour cela. Il est remarquable – j'y faisais allusion tout à l'heure – que, pour désigner le hasard, le français recoure à un mot emprunté à l'arabe ; il n'emploie pas un mot venu du latin, par exemple. Le mot « fortune » (les Latins avaient une déesse de la Fortune), en français, a pris un sens tout à fait différent. Le mot « heur », qu'on trouve dans « bonheur » ou « malheur », a disparu du français, et, même quand il existait, il n'est pas sûr qu'il ait recouvert la notion que nous entendrions par « hasard ».

> Il participe plutôt de l'idée d'une intervention divine, dans le bon ou dans le mauvais sens.

Oui, et surtout le fait que l'un des partenaires de l'heur doit être un être parlant. On ne parlerait pas de « heur » en ce qui concerne les objets inanimés, alors que le hasard concerne aussi bien les humains, les animaux, les objets. En ce sens-là, il est lié à une notion moderne de l'univers. L'histoire du mot « hasard » mériterait certainement d'être faite avec beaucoup de précision, et, à ma connaissance, elle ne l'a pas été. Pour une langue particulière, la question qui se pose est la suivante : une langue peut-elle exprimer simplement, de façon nue, la pure et simple rencontre de séries indépendantes de phénomènes ? En réalité, c'est une chose extrêmement rare. Il semble que les langues soient toujours amenées, quand elles mettent en rapport des séries de phénomènes, à colorer la rencontre, soit en termes de relations causales – une série apparaîtra comme cause de l'autre –, soit, de façon plus neutre, mais pas totalement neutre malgré tout, en termes de contrastes – une série de phénomènes apparaîtra comme contrastée à l'autre. En français, par exemple, si vous voulez marquer que deux séries de phénomènes se sont rencontrées par hasard, vous emploierez des expressions comme : « Tandis que les uns faisaient telle chose, d'autres faisaient telle autre chose. » Le *tandis que*, qui marque la relation, est une relation colorée par le contraste ; ce n'est pas la pure et simple juxtaposition.

Cela indique davantage la concomitance…

Une concomitance contrastée. Avec une légère nuance possible de concession. Ce n'est pas purement et simplement la juxtaposition nue. Si vous prenez une forme encore plus nue en français : le *en* + participe (« En descendant l'escalier, je me suis cassé la jambe »), on peut dire que cela parle du hasard, mais, en fait, si vous réfléchissez, le *en*, en l'occurrence, marque l'occasion sans laquelle vous ne vous seriez pas cassé la jambe. D'une certaine manière, vous avez déjà introduit quelque chose de plus que le pur et simple hasard.

Vous voulez dire une petite goutte de déterminisme…

Une petite goutte. L'occasion, c'est un petit peu plus que le simple entrecroisement de phénomènes. Il faut, si j'ose dire, forcer la langue pour arriver à lui faire exprimer ce qui serait la pure et simple rencontre… Le latin y était arrivé, semble-t-il, mieux que le français. Je songe à la conjonction *dum* : *Dum quaerit escam, margaritam repperit gallus* : « En cherchant sa nourriture, le coq a trouvé une perle. » Le propre de *dum* est d'exprimer, beaucoup plus clairement que le français *en*, le fait que deux séries de phénomènes totalement disjointes se rencontrent sur un point.

> Est-ce qu'il y a une forme grammaticale qui favorise cette mise en évidence ?

Si vous prenez une langue comme le français, vous avez certaines relatives. Par exemple, chez les parnassiens, qui ont une esthétique de la contingence, un certain usage de la relative au présent dans un contexte où les verbes principaux sont au passé marque une pure et simple rencontre de phénomènes :

> *C'est alors qu'apparut, tout hérissé de flèches [...]*
> *Superbe, maîtrisant son cheval qui s'effare,*
> *Sur le ciel enflammé, l'Imperator sanglant.*
> Heredia

Il faut voir chez un écrivain si son style trouve, invente des formes pour noter le hasard. Je pense que vous en trouveriez chez Flaubert – cela fait partie de son esthétique –, chez Leconte de Lisle, chez Heredia... mais cela n'est pas si fréquent. La langue française ne fournit pas une forme qui soit purement et simplement en elle-même l'expression nue de la relation aléatoire.

> N'y aurait-il pas plusieurs niveaux de hasard exprimables ? En d'autres termes, plusieurs catégories ?

Vraisemblablement. Vous pouvez trouver une forme qui, en elle-même, n'exprimera pas directement la pure rencontre de séries indépendantes, mais qui essaiera de faire entendre qu'il s'agit bien d'une pure et simple rencontre. Par exemple, en combinant des contrastes entre les verbes. Prenez le contraste, en français, entre les verbes « chercher » et « trouver ». Dans un certain nombre de cas, ce contraste va porter l'expression du hasard. Pas toujours. Alors, vous avez effectivement des degrés. Vous arriverez, si j'ose dire, au hasard par l'érosion de l'intention. Des formes de langue marquent l'intention, la relation causale, la concessivité (le contraste) ; vous prenez ces formes et vous en érodez la couleur propre. Et, par effacement de cette couleur propre des caractères intentionnels, du caractère causal, du caractère contrastif, vous arriverez à obtenir la neutralité qui est la limite absolue où on trouverait le hasard. Entre les deux termes, entre le terme initial et le terme final, il y a différents degrés.

> La langue doit pouvoir rendre compte des réponses à la question sur l'existence d'un hasard essentiel ou sur le fait qu'on nomme « hasard » la mesure de notre ignorance.

Absolument. Si l'on prend les langues comme un témoignage des représentations imaginaires de l'être parlant, on ne peut que constater qu'il est extraordinairement difficile de se représenter le hasard objectif. On n'y arrive que par des gradations qui sont très précisément de l'ordre de l'érosion de la connaissance empirique ou de sa conscience propre.

> Est-ce que, dans la relation langage-hasard, en dehors des deux aspects que nous avons abordés, il y aurait quelque chose d'important à préciser ?

Je me pose une question. Le linguiste et son objet, le langage, arrivent-ils ou non à rejoindre la notion de hasard telle qu'elle fonctionne dans les sciences physiques, par exemple ? Justement parce qu'il s'agit de l'objet langage, ne sommes-nous pas amenés à toujours colorer quelque peu ce que nous appelons le hasard de quelque chose qui viendrait de cette demande, de cette possibilité de représentation qui anime les sujets parlants ?

Avez-vous un exemple qui permettrait d'éclairer ce que vous dites ?

Au fond, avons-nous une exacte idée de ce que cela veut dire, que le langage soit contingent ? Je n'en suis pas absolument sûr : je suis moi-même un être parlant et je peux faire tous les efforts que je veux, il y aura un instant dans mon fonctionnement imaginaire où ma langue maternelle m'apparaîtra comme nécessaire.

Est-ce que je dois comprendre qu'une langue, quelle qu'elle soit, est hasardeuse par son émergence et contingente dans son fonctionnement et son développement ?

Elle est contingente dans son fonctionnement minimal. A partir de ce fonctionnement mininal se dégage, par nécessité interne, toute une série de conséquences. Si vous voulez, comme la fleur qui éclot : la fleur elle-même, dans son principe, est contingente, mais, dans son déploiement, elle obéit aux « lois de la fleur ».

Sigmund Freud et trois dégradations obtenues grâce à un logiciel introduisant des degrés croissants de désordre (ces dégradations ont été effectuées au laboratoire du CIMA). Voir, page 154, le même processus appliqué à une photographie du physicien Ludwig Boltzmann et, page 208, à une photographie du buste d'Aristote.

4. Hasard et psychanalyse

Entretien avec Serge Lebovici, professeur émérite de psychiatrie de l'enfant et de l'adolescent à l'université de Paris-Nord.

ÉMILE NOËL : Le sens même du mot « hasard » est différent selon les domaines et selon les personnes. Y a-t-il une commune mesure du hasard, de nos jours, à travers les différentes disciplines ? En ce qui vous concerne, il s'agit de la psychanalyse. On peut évidemment poser ainsi la question : dans l'élaboration même de la théorie analytique, y a-t-il eu des phénomènes de hasard ? Par ailleurs, on peut aussi se demander comment la théorie analytique se situe à propos du concept de hasard.

SERGE LEBOVICI : Vous me posez en fait deux questions. La première : est-ce que le hasard est intervenu dans l'élaboration de la théorie psychanalytique et particulièrement de l'œuvre freudienne ? Voilà une question à laquelle je voudrais d'abord essayer de répondre. Je pense que, comme toute théorie et comme toute praxis, la psychanalyse pourrait apparaître comme surgissant du hasard, de la tête de Freud. Ce n'est pas vrai, bien entendu. Freud survient sur un terrain, naît à un moment où la recherche du déterminisme physico-chimique naturel en psychologie était à l'ordre du jour. Freud s'inscrit dans cette lignée qui essaye de nier les effets du hasard pour comprendre la vie psychique. Si l'on regarde alors comment se situe sa découverte, la découverte de l'inconscient, à la fin du XIXe siècle, on voit qu'il y était préparé pour diverses raisons : d'abord, il s'inscrivait dans le cadre de physicalistes comme Helmholtz et Du Bois-Reymond qui voulaient faire de la psychologie une science de la nature et non pas une science de l'esprit. C'est dans cette direction qu'il a l'idée de construire quelque chose. Sa formation de neuropsychologue, de dissecteur du système nerveux des sangsues, etc., le situait forcément dans cette perspective : attitude confirmée par son désir de contribuer au travail scientifique. Par ailleurs, dans cette même période, son goût pour le romantisme allemand, particulièrement pour les auteurs qui avaient œuvré dans le domaine de l'obscur, du flou, voire de l'inconscient, le conduisait aussi vers d'autres perspectives. On peut dire à la fois qu'il y a et qu'il n'y a pas hasard dans la découverte freudienne, mais on a pu dire aussi que son fonds familial et culturel le déterminait à travailler ainsi. On a dit que Freud était porteur d'un « mandat » pour défendre l'honneur familial menacé par son propre père, et qu'il a exercé ce mandat pour rénover le sens des faits qu'il observait. Je ne vais pas développer ce point de vue, mais on peut admettre qu'il est relativement exact. On peut dire aussi que le hasard a voulu qu'il ait une bourse pour venir à Paris, chez Charcot, ce qui a radicalement modifié les perspectives qui étaient les siennes jusque-là. On peut dire encore que c'est le fruit du hasard dans la mesure où il avait échoué à obtenir un poste universitaire, en raison probablement de l'antisémitisme, ou du fait que ses patrons préféraient quelqu'un de plus ancien que lui. C'est comme une espèce de lot de consolation qui lui a permis d'obtenir cette bourse pour venir à Paris en 1884. Mais, là, il a su saisir ce hasard de la rencontre avec Charcot pour *entendre* ce que Charcot ne faisait que *voir*.

> Dans la vocation, dans l'orientation, voire dans l'acuité intellectuelle de Freud, il n'y a pas de hasard, mais un certain nombre d'événements aléatoires peuvent avoir été décisifs.

Je crois que l'on peut aller plus loin. Prenons deux de ses rencontres de l'époque. La première avec Breuer : c'est un médecin plus âgé que lui, qui lui prête de l'argent pour s'installer et qui a envie de lui parler de ce qu'il fait. Ils collaborent tous les deux au traitement des hystériques que reçoit Breuer. Ce n'est pas un hasard qu'il en aille ainsi. La conjoncture, c'est que Freud ait entendu plus que Breuer les effets de transfert, de mésalliance que ses patientes contractaient avec lui. Alors que Breuer parlait simplement de « restes hypnoïdes », etc., Freud, lui, a senti qu'il y avait, dans la relation de ces patientes avec Breuer, une reproduction d'événements anciens. Ce n'est plus du hasard. Le hasard ne concerne que la rencontre et le fait que Breuer lui ait proposé de travailler avec lui. De même avec Fliess. Fliess est un médecin qui s'attache à lui pour la capacité qu'ils ont à discuter ensemble : ils échangent une abondante correspondance entre Berlin et Vienne, les familles se connaissent et sont amies. Freud saisit ce hasard pour faire de Fliess, au fond, un objet de transfert et pour transformer son auto-analyse en fait en une analyse avec Fliess qui, quelles que soient les réactions souvent un peu stupides de Fliess, va représenter l'indispensable objet de transfert. Ce n'est plus le hasard. Encore une fois, le hasard s'en tient à la rencontre des familles Freud et Fliess. Tout ce qui va en résulter de conséquent et de décisif pour l'histoire de la psychanalyse revient à Freud. Dans ces conditions, on peut dire que, sur un terrain largement préparé par le passé familial, social, culturel et scientifique de Freud, il a tiré du hasard de l'occasion les éléments de découverte et de fondement théorique.

> On peut alors imaginer, à partir de ce contexte, que l'élaboration même de la théorie analytique va tendre à nier le hasard.

C'est certain. Puisqu'il s'agit de mettre en évidence le rôle de l'inconscient dans la vie mentale de chacun. Ce que nous ne savons pas, et que nous pourrions nommer « hasard », devient, au contraire, du domaine de l'évidence. Tout ce qui était obscur, certains types de comportements, les actes manqués et surtout le rêve, prend sens. Le rêve n'est plus un assemblage d'images de hasard, le rêve a un sens : celui du désir, d'un désir infantile reconstitué, « scénarisé » à travers les restes diurnes et à travers le travail de figurabilité que l'inconscient est capable de mettre en œuvre. C'est donc un domaine qui échappe au hasard ou à l'inconsistance. Tout le travail de Freud visait essentiellement à faire que ce qui était conjoncturel prenne sens, prenne corps, devienne objet de connaissance, de travail scientifique, et serve, éventuellement, à des thérapeutiques psychologiques. Ma réponse est, sur ce plan, très nette : la psychanalyse ne reconnaît pas les effets du hasard dans la vie psychique.

Mais, dans la vie quotidienne, il peut y avoir des effets de hasard : des phénomènes sont complètement extérieurs à l'individu. Ce qui n'est pas hasardeux, c'est la façon de les recevoir, de les traiter, de les métaboliser, en quelque sorte. Tout de même, il y a des événements qui interviennent au hasard dans la vie d'une personne ?

Vous changez un peu votre question. Il faudrait d'abord que je parle des événements, et puis des effets du hasard. Les événements, la psychanalyse en a reconnu les effets, peut-être trop. Dans toute la partie protohistorique de la psychanalyse, Freud a attribué les troubles mentaux à des événements, à des traumatismes, à des choses qui étaient repérables, retrouvables dans la mémoire et qui avaient un effet pathogène. Les hystériques avaient été victimes de séduction, de traumatismes sexuels, et il suffisait de retrouver ces événements pour que les troubles s'évanouissent. Cette partie initiale de son travail a été mise en cause ultérieurement, quand il a réalisé que ces récits de séduction devaient être l'objet du désir de le séduire, lui, Freud, en le gratifiant, en lui décrivant des choses qui n'avaient pas eu lieu. Il imagina alors que les causes de ces troubles n'étaient plus des événements, mais des fantasmes – qui pouvaient être relativement liés à des événements. Mais le rôle des événements en analyse est quand même important à reconnaître. Il faut comprendre que c'est l'histoire de ces événements qui intervient. Je vais théoriser un peu en rappelant que, pour beaucoup d'êtres humains qui souffrent, le rôle de certains événements est mis en avant. Par exemple, nous faisons en ce moment une recherche sur les enfants qui naissent après la mort subite d'un bébé, et une partie de ces recherches comporte l'entretien avec les parents : tous les parents, sans exception, trouvent à cette mort subite une cause dont ils sont responsables. La plus fréquente est : « Je n'ai pas bien surveillé mon enfant le soir qui a précédé sa mort. J'ai trop mangé, je n'ai pas été le surveiller. » Ou bien : « J'ai fait une fausse couche avant la mort de cet enfant, donc je suis coupable. » C'est un événement qui est considéré comme la cause. En fait, s'il n'y avait pas eu mort, cet événement ne serait pas évoqué du tout. Quelqu'un qui a fait un bon repas ne va pas dire : « J'ai fait un bon repas et je suis coupable. » Il est coupable, dit-il, parce que son enfant est mort. C'est donc la mort de l'enfant qui donne un sens à cet événement. Cet événement ne prend sens qu'après coup. La théorie freudienne de l'événement, c'est la théorie de l'après-coup, une rétrodiction à partir d'un deuxième événement qui donne un sens à l'événement initial. Freud avait appelé cela le « proton-pseudos », c'est-à-dire la première organisation qui faisait *comme si* elle avait un sens alors qu'elle ne prenait sens qu'après. Il donnait l'exemple d'une hystérique qui avait peur d'entrer dans les magasins. Elle racontait que, quand elle était petite fille, elle était venue dans un magasin de bonbons et que les employés avaient rigolé en la voyant, en faisant des allusions qu'elle n'avait pas bien comprises. C'est quand elle a compris ces allusions à sa sexualité que cet événement a pris sens. Sans cela, si les moqueries salaces de ces employés n'avaient pas pris sens ultérieurement pour elle du fait du développement de sa puberté, elle n'aurait fait aucun lien entre son anxiété actuelle et les événements antérieurs. Donc, la théorie de l'après-coup est fondamentale pour comprendre le sens donné à l'événement. C'était le premier point que je voulais développer. Maintenant, pour comprendre un autre rôle donné à l'événement, je vais prendre l'exemple du développement du bébé. Tous ceux qui s'occupent du développement du bébé s'accordent à peu près sur ces idées. Ce développement est prévu, programmé par la génétique. Il n'est pas programmé dans le sens de ce que nous pensons d'un enfant « petit adulte » : il est programmé relativement à la sensorialité du bébé qui est une sensorialité tout à fait différente de la nôtre. C'est une sensorialité non organisée en perceptions, elle est a-modale : le bébé peut ressentir très tôt la chaleur, le froid, les couleurs, les sons, mais pas plus que cela. Et cette sensorialité a-modale prend sens, se représente du fait des émotions que l'enfant partage avec ceux avec lesquels il interagit. Très rapidement, sa capacité à reconnaître qu'il agit sur ce qui l'entoure et que ce qui l'entoure se modifie quand il agit va donner sens à cela. Jusqu'alors, il n'y a pas d'événements, il n'y a qu'un développement où l'autre intervient. Les attitudes de l'autre ne sont pas programmées, encore qu'elles puissent être programmées par le bébé. Mais, déjà, ce qui intervient dans la tête de l'autre va intervenir dans le développement du bébé. Plus important : tout cela ne prend sens qu'en fonction de ce qu'on appelle maintenant les *scripts* quand on est anglo-saxon, les « scénarios » quand on est plus latin. Daniel Stern donne un exemple que je trouve assez saisissant et qui est certainement juste. Un enfant joue avec une feuille, et sa mère, une Anglaise, lui dit : *« Leaf. »* Puis, tout à coup, elle a peur que l'enfant se salisse avec cette feuille morte et elle lui dit : *« Leave »* (laisse). Alors, pour l'enfant, *leaf* et *leave* vont être liés, c'est-à-dire que toucher à une feuille suscite la colère, la réprobation de la mère, et le mot *leaf-leave* qui va être sensorialisé en commun va prendre le sens de l'interdiction de la mère. Ainsi, le scénario d'intervention de la mère va donner un sens à la sensorialité déterminée par la feuille et à la relation. Voilà un événement tout à fait banal qui est le fruit du hasard et qui va donner un sens relativement définitif à l'organisation représentationnelle de ce bébé. On pourrait me dire que ce n'est pas le hasard si cette mère est inquiétée par la saleté, c'est aussi la conséquence de ce qu'elle est et de son éducation, c'est-à-dire du fait qu'elle-même, enfant, on a voulu la rendre particulièrement attentive à la saleté. Autrement dit, dans les éléments de ce scénario, interviennent des faits du passé et non seulement du passé personnel de cette jeune femme, mais aussi de son passé trans-générationnel. A travers cet exemple, on voit que le hasard semble intervenir massivement dans ces scénarios, mais, à son tour, l'événement est aussi le fruit d'une histoire, si bien qu'on est toujours pris entre l'apparence de l'importance de l'événement et le rôle essentiel de ce qui est transmis, de ce qui est intégré du passé d'un sujet.

> La psychanalyse se fonde sur les discours d'un analysant qui ne fait que rapporter ce qu'il a vécu et donc sa version des faits, sa propre interprétation.

Je n'ai pas parlé de psychanalyse, je n'ai pas parlé de technique psychanalytique. J'ai seulement évoqué un cas tout à fait simple sans aucune déclaration de la mère. Elle n'a pas dit, comme dans une consultation, si elle avait été élevée de telle façon que la propreté était pour elle un élément essentiel de sa vie ou, au contraire, si elle est devenue comme cela en réaction à une grande négligence dans laquelle elle aurait été élevée. A propos de cet exemple, on ne peut pas vous suivre. C'est vrai que, dans le cadre de la psychanalyse, les événements qui sont rapportés sont interprétés, la première fois, par le patient et, ensuite, réinterprétés par l'analyste. On peut dire que, par conséquent, le rôle du hasard est minorisé puisque tous les deux cherchent une explication. Je voudrais prendre deux exemples très récents qui apportent une perspective différente et que je trouve intéressante. Le premier : j'ai vu aujourd'hui un homme de soixante-huit ans d'origine polonaise. Il a été déporté, quand il était enfant, avec ses parents. Pour simplifier l'histoire : il avait sept ans quand il a été envoyé dans une usine de munitions. A huit ans, il a été envoyé avec ses parents à Auschwitz. Il avait un frère et une sœur. Il a vu fusiller son père devant lui. Sa mère a disparu ; il l'a d'ailleurs retrouvée après la guerre. Son frère et sa sœur, qui étaient plus âgés, ont été gazés. Pour lui, il était question d'être gazé quand un SS – chose qui est le fruit du hasard, sans doute – a vu un homme qui attendait aussi la sélection et a dit à cet homme en lui tapant sur la joue : « Occupe-toi donc de ton fils » en parlant du garçon alors que ce n'était pas du tout son fils. Il a eu un mouvement de pitié qui est du domaine du hasard, pas pour lui, bien sûr, mais dans la conjoncture du camp d'Auschwitz, c'était du hasard pour l'homme et pour l'enfant. Et cet homme a dit au petit garçon : « Si je survis, tu survivras aussi. » Il a tenu sa promesse. Il a survécu avec le petit garçon et il leur est arrivé toutes sortes de choses horribles. Voilà donc un garçon qui a fait preuve d'une santé remarquable puisqu'il est resté trois ans avec cet homme dans le camp parmi des monceaux de cadavres, mais sa survie a dépendu quand même de ce geste du SS. Dans une certaine mesure, du moins, cela a été le geste déclenchant ; ensuite, sa survie a été le fruit des soins dévoués de cet homme et aussi de la capacité de cet enfant à survivre. Cette lecture de l'événement réduit le hasard en même temps qu'elle montre l'éminence, l'importance du geste du SS, geste bizarre. Deuxième exemple, qui me paraît intéressant. Voilà une jeune femme qui me dit : « J'ai vu trois cas de très jeunes enfants encoprétiques (incontinents) dont la grand-mère paternelle est morte au moment de leur naissance. » Elle me dit que ce n'est pas le fruit du hasard, mais que c'est une découverte qu'elle a faite et elle pense qu'en fait ces enfants sont chargés par leur père de garder leurs selles, comme s'il s'agissait de garder en eux la grand-mère morte. Ensuite, ils vont à la selle par régurgitation en quelque sorte. C'est en effet un mécanisme d'encoprésie : les matières retombent parce qu'il y en a trop dans l'intestin, il en sort un peu par dégorgement. Personnellement, je ne crois pas du tout à cela. Ce n'est pas scientifique de parler comme cela : tous les enfants qui ont perdu leur grand-mère paternelle au moment de leur naissance ne sont sans doute pas encoprétiques. Mais je crois quand même qu'il y a une part de vrai. Je veux dire par là que, à partir du moment où le père est dans un état de grande dépression et où la naissance d'un enfant comporte des liens avec cette dépression liée à la perte de la mère, il est possible qu'une certaine constipation de l'enfant prenne sens du fait du désespoir du père et du fait que celui-ci attende que l'enfant représente quelque chose de la grand-mère. A ce moment-là, ce n'est plus du hasard. Il est possible, en effet, que le fait trouve sa compréhension dans la vie psychique du père. Mais, en réalité, là encore, l'impression de hasard vient du fait de la mort de la grand-mère paternelle au moment de la naissance de l'enfant. Ensuite, on peut penser qu'il y a quelque chose qui se passe dans la tête du père et qui intervient chez l'enfant.

C'est assez compréhensible. Alors, il me semble qu'on doit situer le hasard, dans la technique psychanalytique, entre le rôle des événements, tels que j'ai essayé de les définir, et la conjoncture qui fait que l'événement prend un certain sens dans ces scénarios. De ce point de vue, je crois que les théories actuelles de la mémoire montrent que l'« après-coup » a des bases neurobiologiques. Vous savez bien qu'on parle beaucoup aujourd'hui de l'« imagination » de la mémoire. Les travaux du prix Nobel Edelman semblent montrer qu'il n'y a pas simple enregistrement des événements. La remémoration résulte de la conjonction entre un événement ancien et un événement actuel où l'on retrouve la structure du premier. La rencontre entre cet événement actuel et cet événement ancien est peut-être du domaine du hasard, mais c'est leur conjonction, leur réveil mutuel, leur ajustement qui donne un sens à la théorie psychanalytique qui, elle, nie les effets du hasard.

Alors, quel est le statut du hasard dans la psychanalyse ?

Il relève du domaine du conjoncturel et de l'événementiel tel qu'il prend sens dans la vie psychique consciente et surtout inconsciente d'un individu.

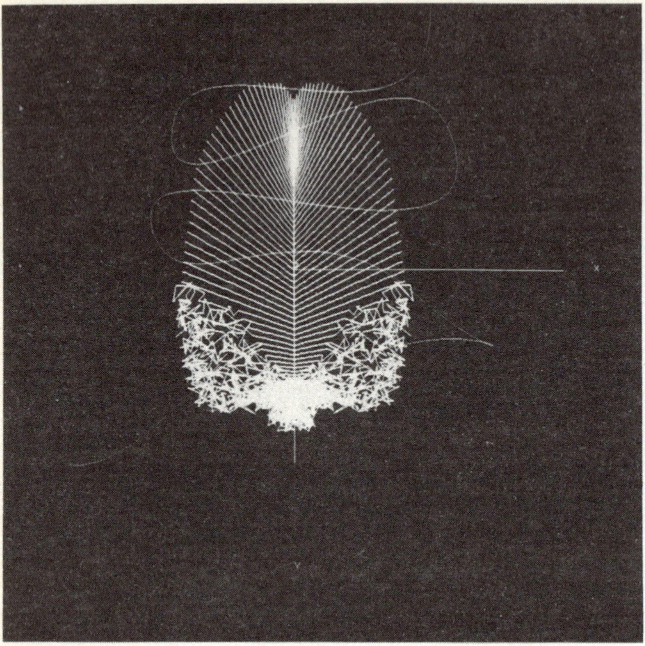

Sous l'effet du souffle (réel) du spectateur, la plume (virtuelle) voltige sur l'écran. Pour simuler diverses trajectoires, on a introduit des données aléatoires dans le programme de l'ordinateur.

5. Hasard et arts plastiques

***Entretien avec Claude Faure, conseiller artistique à la Cité des sciences et de l'industrie, cofondateur d'*Ars technica.**

ÉMILE NOËL : La première question s'impose pratiquement pour introduire le sujet, quel que soit le domaine particulier où l'on utilise le terme « hasard ». Dans le vôtre, celui des arts plastiques, ce terme, qu'il représente soit un instrument, soit un matériau pour le créateur, est-il pertinent ?

CLAUDE FAURE : Assurément. Il représente à la fois un instrument et un matériau. Pour commencer, brièvement – il ne s'agit pas de rajouter une définition à ce terme, à vrai dire complexe et riche et même peut-être contradictoire –, regardons ce qui, dans le hasard, ou plutôt dans les notions qui sont à côté, autour du hasard, a intéressé les artistes. Il y en a beaucoup qui viennent par association : la rencontre, l'aventure, l'accident, l'imprévisibilité... Toutes choses qui ont attiré les contemporains, peut-être plus que leurs prédécesseurs. Tout ce qui, en quelque sorte, ouvrait sur un autre monde où il y avait éventuellement disproportion entre causes et effets, tout ce qui pouvait créer une richesse supplémentaire pour la création. Voilà à peu près comme je le verrais pour commencer.

Comment cela s'explicite-t-il dans les arts plastiques ? Pour le commun des mortels, le travail artistique – il n'est pas le seul, bien sûr –, le travail artistique est intuitivement perçu comme un combat *contre* le hasard.

Oui. C'est une conception qui demeure valide dans bien des cas. Elle est quand même contrebattue à notre époque. C'est une conception peut-être vieillie, trop étroite maintenant. Je ne pense pas que l'on puisse bien comprendre l'exploitation du hasard par les artistes sans voir que, depuis le début du siècle probablement, le contexte des arts plastiques a éclaté, a vraiment volé en éclats : les artistes se sont emparés de toute une série d'autres choses. Ils ont décroché la peinture du mur, si l'on peut dire ; ils ont envahi l'espace ; ils ont remis en jeu leurs pratiques ; ils ont permis leur contamination par la photo, le cinéma, la vidéo ; ils ont fait des installations en multipliant les œuvres dans un même lieu ; ils ont mécanisé…

Plus récemment, ils ont introduit l'ordinateur…

La dernière des machines, qui est d'un type très particulier. Je crois que, à la fois spatialement et matériellement, le contexte a énormément changé, et tout se mélange en favorisant d'ailleurs les rencontres de hasard, notons-le déjà. Mentalement, aussi, les artistes ont changé : ils se sont notamment intéressés à toutes ces découvertes scientifiques qui maintenant sont un peu anciennes (elles datent du début du siècle), la relativité, les quantas, le chaos… Tout cela, ce sont des domaines qui les intéressent. Là, nous sommes déjà loin d'une esthétique de la seule nécessité et de la seule stabilité.

Il y a une transformation du contexte à la fois historique, scientifique, philosophique où, tout d'un coup, la préoccupation n'est plus strictement esthétique.

C'est cela.

Il y a l'introduction du commentaire dans l'œuvre elle-même où l'« éthique » intervient fortement.

Si on veut. Il est vrai que Duchamp – on va en reparler immédiatement – apparaît, d'une certaine façon, comme un moraliste et comme un maître en éthique. Il n'a pas bâti un nouveau système esthétique, il a plutôt mis à bas les anciens en édictant de nouvelles lois morales et, notamment, en indiquant qu'il fallait regarder autrement. C'est certain.

Est-ce que Duchamp marque une date concernant l'introduction du hasard dans la conception et la production des arts plastiques ?

Oui, à coup sûr. Maintenant, il faut se méfier des dates qui seraient des bornes tout à fait nettes, des frontières. Probablement les esprits y étaient-ils préparés. Il y a toujours des phases de latence qui préparent, mais avec Duchamp, bien sûr, cela devient l'évidence. Le premier *ready-made*, *La Roue de bicyclette*, date de 1913. Mais, à côté de Duchamp, en même temps que lui, d'ailleurs, avec une grande parenté, il y a le mouvement Dada : Arp, Tzara, qui ont créé Dada en 1916. On dit que ce nom a été trouvé au hasard, à l'aide d'un dictionnaire !

En fait, tout cela est contemporain – les quantas, Planck, 1900, la relativité, Einstein, 1905, Duchamp, Dada, 1913, 1916. Tout cela se situe en deux décennies.

Absolument, relayé par le surréalisme qui vient aussitôt après, au début des années vingt. Oui, il y a manifestement un contexte. Il y a eu le terrible chaos de la Première Guerre mondiale et une sorte de tremblement de terre social, culturel, etc.

Voit-on arriver ces choses-là un peu avant ? La seconde partie du XIXe siècle ne les annonce-t-elle pas ? Est-ce vraiment une surprise, une révolution brutale et radicale ?

D'une certaine façon, c'est une révolution brutale et radicale, parce qu'elle embrase vraiment tous les arts : aussi bien la poésie, la littérature que les arts plastiques, voire l'architecture. Mais une chose m'a frappé (à propos de signes précurseurs) : j'ai vu très récemment, peu avant sa fermeture, la belle exposition d'Orsay, « Le corps en morceaux ». On voit là peut-être des prémices de ce goût pour le hasard. Après tout, le fragment, le goût du fragment qui a été très développé par Rodin dans son œuvre, notamment vers la fin de sa vie, ce goût-là, qui, probablement, vient lui-même par certains côtés de l'esprit romantique qui adorait les ruines, est bien dû quelque part au hasard. Les œuvres qui ont été photographiées par Devéria dès le milieu du siècle, les sites archéologiques, les sculptures antiques mutilées, tout cela est, d'une certaine façon, dû au hasard. Bien sûr, toute une série de causes ont joué, mais les causes de dégradation étaient si complexes que, finalement, elles équivalent à un hasard. Je crois que cela a été tout à fait déterminant. On peut dire, en employant quelques guillemets, que Rodin a utilisé le « collage » avant la lettre, avant Schwitters, Braque et Picasso, en assemblant des fragments venant de sculptures d'échelles éventuellement très différentes. D'ailleurs, dans le catalogue de l'exposition, il est indiqué qu'il avait soigneusement mis de côté, en 1864, le fragment d'une pièce que le gel avait fait éclater. On est bien là dans le domaine du hasard.

> Tout au moins pour l'observateur. Peut-on penser que cette introduction relativement récente de l'inachevé dans l'œuvre – introduction délibérée, j'entends –, peut-on penser que Rodin en serait le précurseur ?

Il me serait très difficile de répondre. A ce point de systématisation, peut-être bien. Inachevé, assemblage de fragments et lutte contre une composition, de ce point de vue-là, sans doute. Lutte contre une composition devenue académique, contre une espèce de fidélité à une loi préétablie, alors que l'artiste contemporain se laisse aller ou même – on le verra plus tard – crée les conditions du heurt entre des principes de composition hétérogènes. Finie la composition académique du XIXe siècle.

> Toute une série d'artistes, de nouveau au début du XXe siècle, commencent justement à développer ce type de travail.

Absolument. Revenons un peu en arrière pour rendre hommage aux surréalistes. Au Musée national d'art moderne de Beaubourg, on voit un petit relief de Breton qui, je crois, date de 1959 (ce qui me paraît d'ailleurs une date assez tardive, mais peu importe). Il s'appelle *Le Hasard objectif* et rassemble une petite plaque de liège trouée et une amande comme si l'amande devait un jour, par le plus grand des hasards, mais un hasard en quelque sorte prémédité, rejoindre cet espace, cette cavité.

> Si maintenant on s'approche de notre époque, comment peut-on situer la création contemporaine, disons ces trente ou quarante dernières années ? Quel rôle joue le hasard dans les procédures de composition ?

En donnant les exemples qui suivent, je risque d'être très injuste et d'oublier beaucoup de monde. Donc ne soyons pas exhaustifs, n'ayons pas cette prétention. Je citerais volontiers trois familles d'artistes très éloignés les uns des autres mais qui, d'une certaine façon, se rejoignent par l'utilisation et l'exploitation qu'ils font du hasard, chacun dans son tempérament.

La première de ces familles, pour moi, est composée par des gens que l'on pourrait schématiquement grouper autour de l'expressionnisme abstrait. Ce sont des peintres. En quelque sorte, ils exploitent le hasard « à la main », avec leurs techniques de peintre, de façon peut-être artisanale (sans qu'il y ait rien de péjoratif dans ce terme), avec les moyens du bord, les leurs. Dubuffet, par exemple, s'est beaucoup servi du collage ; il a mis ensemble des matériaux qui, *a priori*, ne devaient pas se rencontrer. Donc, il a créé lui-même une sorte de hasard pratique, et ensuite on voit très bien dans certains de ses tableaux, plutôt l'époque des *Texturologies*, des *Sols et Terrains*, qu'il procède par association d'éléments hétérogènes. Dans sa *Gigue irlandaise*, par exemple, on voit des espèces de globules qui ont l'air de s'être rassemblés par accrétions successives, bien éloignées de la composition méditée et construite d'avance ; le hasard joue ici son rôle. De son côté, De Kooning propose de peindre systématiquement les yeux fermés ou de faire pivoter la toile plusieurs fois en cours d'exécution. Hantaï imprègne sa toile avant de la plier et de la redéplier, et, par conséquent, il obtient des effets qu'il ne pouvait absolument ni maîtriser ni prévoir. Et puis, très systématiquement – c'est peut-être le plus systématique d'entre eux –, Pollock, peintre américain, pratique le *dripping* (que l'on pourrait traduire à peu près par « égouttement ») ; il promenait une boîte de peinture percée sur sa toile et créait des chemins semi-aléatoires, pas purement aléatoires, car, probablement, dans la main, il y a quelque chose qui n'est pas du hasard pur.

Voilà donc pour la première famille ?

La deuxième famille, que je trouve importante, c'est le nouveau réalisme français, ce mouvement auquel Pierre Restany a donné sa théorie, ses textes, etc., et qui a rassemblé des gens très différents les uns des autres comme Arman, César, Klein, Raymond Hains, etc. Peut-être que l'artiste auquel on pourrait penser d'emblée, c'est Spoerri, qui a écrit ce petit ouvrage très drôle, *Topographie anecdotée* du hasard* – « anecdotée », curieux néologisme, d'ailleurs –, qui vient d'être réédité par le Centre Pompidou à l'occasion de son exposition récente. Dans cet ouvrage, il verbalise en quelque sorte sa pratique habituelle. A cette époque-là, il fait habituellement des « tableaux pièges », qui sont tout simplement des tables en fin de repas, des tables sur lesquelles restent des reliefs de repas, les assiettes sales, les cendres, les mégots, les fonds de verre, les miettes de pain, etc., voire quelques morceaux de camembert bien avancé. Ces objets sont collés, puis la table, verticalisée, s'accroche au mur comme un tableau. Dans ce petit

* Cet astérisque fait partie du titre de l'ouvrage.

livre, il entreprend de noter cela par écrit. Il fait donc un grand calque qu'il pose sur la table où il va laisser se rassembler au hasard des objets ; il entoure ces objets d'un coup de crayon, il les marque et en fait une sorte de somme. Je lis une phrase que Topor écrit dans la préface qu'il a refaite en 1990 pour la réédition : « La réalité objective ordonnée par le hasard est finalement le plus sûr moyen d'obtenir une image ressemblante de notre vie. » Voilà ce qu'écrit Topor. Mais, un peu plus loin, décrivant son propre travail, Spoerri note des choses peut-être contradictoires : « Ce dépliant contient un relevé exact d'une topographie due au hasard et au désordre... que j'ai arrêtée le 17 octobre 1961 à 15 h 47. » Donc, l'un, le préfacier, considère qu'il y a ordonnancement, mise en ordre par le hasard, tandis que l'auteur lui-même considère qu'il y a désordre. Est-ce qu'il ne s'agit pas, dans le fond, d'un certain mariage entre l'ordre et le désordre ?

> Ne serait-ce pas plutôt une utilisation d'un sens différent accordé aux mots « ordre » et « désordre » parce que, en effet, des reliefs de table donnent l'impression d'un désordre, mais, à la vérité, on sait bien qu'un certain ordre préside à ce désordre ? J'ai l'impression qu'ils ont raison tous les deux.

Sans doute. D'ailleurs, tant mieux. Si vous voulez je peux vous lire trois lignes d'un des objets qui sont décrits, le numéro 2. On va voir à l'œuvre sans doute la théorie de Cournot selon laquelle le hasard peut se définir par la rencontre fortuite de deux séries causales indépendantes. Effectivement, la causalité n'est pas éliminée, elle est traitée, elle est triturée d'une certaine façon.

« Coquetier vert pâle de matière plastique très légère sur trois petits pieds acheté avec trois autres de couleur différente samedi dernier à l'Uniprix de l'avenue du Général-Leclerc. J'étais dans ce quartier pour encaisser un chèque de 706 NF payable à la Société générale, au n° 5 de l'avenue, et que m'avait remis Arturo Schwarz. Juste en face de la banque se trouve l'Uniprix [...]. » Ce serait drôle de continuer, mais on n'a pas le temps. On voit bien à l'œuvre ici la rencontre entre la banque et l'Uniprix, premier hasard... Il y en aura beaucoup d'autres.

Et ceci préside à la composition des productions de Spoerri ?

Disons que c'est un accompagnement, plutôt une autre version de ses productions. C'est la version verbalisée, écrite, très joliment d'ailleurs, dans une langue très soignée. Les tableaux pièges sont là sous leur forme verbale. Ce que l'on pourrait peut-être ajouter pour passer un peu plus vite sur cette deuxième famille, les nouveaux réalistes, c'est que Spoerri, dans sa *Topographie*, fait des allusions nombreuses aux autres, à Raymond Hains, par exemple, qui a lacéré des affiches ainsi que son ami Villeglé. Quand ils lacèrent des affiches, naturellement, ils obtiennent des résultats au hasard, c'est, d'une certaine façon, une anticomposition. Spoerri fait également allusion – c'est le numéro 75, un des tout derniers numéros de sa *Topographie* – à un brevet d'invention de Tinguely, la Metamatic, qui n'est autre qu'une machine à peindre, donc faisant manifestement intervenir le hasard ; on peut la décrire en trois lignes : « [...] un mécanisme de commande, également porté par ce bâti, et destiné à communiquer, par l'intermédiaire desdits moyens de liaison, des mouvements relatifs désordonnés à l'organe scripteur par rapport au support pour le mettre en contact d'une manière irrégulière et sous l'effet du hasard avec la feuille à dessin portée par ce support. » Ici, il est patent que le hasard est pris comme instrument de création dérisoire, ironique et attaquant la peinture gestuelle. Il y aurait bien d'autres choses, les accumulations au hasard d'Arman. Toute cette famille-là fait bien du hasard un instrument privilégié.

Il reste la troisième famille. Est-ce qu'elle n'a pas un rapport quelconque avec l'ordinateur ?

Il faut bien y arriver, c'est certain. Cette troisième famille est peut-être un peu plus difficile à décrire que les autres, car elle est moins homogène. On y trouve des gens assez différents. Il faudra peut-être les classer un jour. Quelques-uns se servent d'ordinateurs. Dans cette famille-là, ils sont un peu géomètres, un peu mathématiciens, encore que superficiellement peut-être. Ils aiment l'angle droit, ils aiment la répétition minimale d'éléments simples et ils introduisent le hasard pour des raisons différentes selon les individus. Le plus connu d'entre eux est certainement François Morellet ; il n'a pas fait mystère de son utilisation du hasard dans un but assez particulier qui d'ailleurs rejoint aussi une sorte d'attitude morale, si vous voulez, ironique encore, très ironique même. Morellet ne se prend pas très au sérieux ou feint de ne pas se prendre au sérieux. Il dit qu'il veut remplacer le génie par le hasard et qu'il est d'autant plus fier que, dans une œuvre, il a pris moins de décisions arbitraires. Il dit ceci par exemple : « Dans une œuvre, qui est en Allemagne, à Münchengladbach, il y a un tableau fait de trois lignes verticales et de trois lignes horizontales pour lesquelles j'ai pris une douzaine de décisions alors que Mondrian arrive à trente décisions et Renoir, n'en parlons pas, un million… » C'est une théorie esthétique selon laquelle le génie, contrairement à des théories anciennes, d'abord n'est pas inconscient de lui-même mais, au contraire, cherche à se comprendre, à devenir transparent et même à déléguer à des moyens mécaniques en quelque sorte la fonction créative. Pour ce faire, Morellet emploie différents moyens qui sont manuels : l'annuaire du téléphone, par exemple (on prend les deux derniers chiffres de deux numéros de téléphone consécutifs et on choisit tel et tel paramètre selon que c'est un chiffre pair ou impair qui tombe). C'est le procédé du tirage. On a donc bien là une sorte de manifeste de l'esthétique de l'aléatoire. On lutte contre la subjectivité. C'est une recherche de l'objectivité qui, dans un ordre complètement différent, ramène quand même à l'objet, à l'objectivité des nouveaux réalistes.

Il y a un rapport au réel.

Contre la subjectivité en tout cas. Une autre artiste a des pratiques similaires, mais utilise l'ordinateur, c'est Vera Molnar. Dans un premier temps, elle se sert d'un ordinateur pour se débarrasser l'esprit de vieilles règles académiques apprises à l'Ecole des beaux-arts, dans un esprit assez proche de Morellet. Dans un deuxième temps, plus récemment, pour affiner une décision intuitive. L'ordinateur permet évidemment de sortir beaucoup de solutions aléatoirement, donc aucune n'est privilégiée, et, quand il en apparaît une qui est plus proche de l'idée de base, elle la prend. Dans la même famille (on peut trouver ce rapprochement osé), mais utilisant des moyens de création très différents, on peut citer Denis Pondruel, qui est plus jeune, dans la quarantaine. Il a fait une pièce que, personnellement, je trouve tout à fait intéressante : l'un des *Fragments du corps du danseur*. Ce titre désigne toute une série ; celui-ci est le numéro 4, je crois. Un bloc de craie fixé au bout d'un bras métallique, lui-même animé par un moteur, tourne à la poursuite d'une ampoule électrique pendant au bout de son fil. Il la manque, l'évite, la heurte violemment ou la caresse mollement, selon le cas. Bien entendu, il s'agit là d'une situation complexe, que l'artiste a justement voulue très complexe, imprévisible, et qu'il regarde ensuite évoluer avec surprise et une certaine satisfaction.

> Dans ce domaine de l'aléatoire et du mouvement, on ne peut pas ignorer les images de synthèse. Les images calculées proposent des modèles qui évoluent et font partie de cette préoccupation, même si, en place de hasard, on met en œuvre des algorithmes avec un certain degré de liberté. Peut-être que le hasard s'y glisse aussi ?

Oui ; en tout cas, lorsqu'il s'agit de simulation du hasard. Je crois que les spécialistes disent que le hasard ne peut jamais se simuler jusqu'au bout. L'algorithme n'est quand même qu'une approche. Quelque part, il y a une régularité qui survient. Mais, dans cette limite-là, il est certain que ces ordinateurs servent souvent – lorsqu'il ne s'agit pas de création artistique, et même aussi dans ce cas-là – à simuler des phénomènes de divers ordres, météorologiques, biologiques, etc. Notamment en ce qui concerne la biologie (mais c'est vrai aussi de la météorologie), la simulation, pour éviter d'être trop mécanique, de donner l'impression d'un déterminisme trop pesant et trop peu subtil, introduit des séries aléatoires. C'est ce que l'on appelle l'effet *random*, qui veut dire à l'aventure et aussi à l'aveuglette. Ce fameux effet, on le retrouve en particulier dans les simulations de croissance de plantes. Elles se servent de ce procédé pour que les individus végétaux dessinés à l'ordinateur soient tous différents les uns des autres comme dans la nature. Cela, c'est le « hasard » biologique – je mets hasard entre guillemets par prudence ; les spécialistes en parleraient mieux que moi.

Dans le même ordre d'idées, il y a eu des créations artistiques utilisant ces phénomènes : par exemple, *La Plume*, d'Edmond Couchot, Marie-Hélène Tramus et Michel Bret. C'est une pièce emblématique de notre modernité parce que, d'une part, elle est faite d'images de synthèse en trois dimensions et que, d'autre part, elle est interactive : c'est-à-dire que le visiteur souffle sur un écran, et son souffle réel fait voleter une plume irréelle, virtuelle, une image de plume. Pour que le trajet de la plume paraisse plus naturel, plus conforme à la réalité, pour qu'elle ne soit pas trop raide, on lui donne un certain degré de liberté, justement en introduisant dans le programme des données aléatoires.

> On voit là comment peuvent se marier simulation scientifique ou technique et création artistique. Dans l'exemple que vous donnez, cette plume suit effectivement les courants d'air que provoquerait dans l'espace réel le souffle réel de la personne.

Absolument. Et ce mariage du réel et du virtuel fait tout le prix de l'œuvre. Il y a là une satisfaction pour l'esprit et une sensation de surprise tout à fait réjouissante.

> Peut-on y voir le mariage de l'art et de la science ?

Sûrement. L'un des mariages possibles, en tout cas.

Les procédures de compositions musicales utilisant des distributions probabilistes trouvent leur équivalence visuelle dans des œuvres plastiques telle celle de Vera Molnar proposant une variation sur le thème du carré par introduction de différents degrés de désordre, de « bruit visuel », pourrait-on dire : transformation de carrés concentriques en déplaçant pas à pas au hasard leurs sommets, joints d'abord par des lignes droites, ensuite par des segments de courbes sinusoïdales à fréquence et à amplitude variables…

6. Hasard et arts sonores

Entretien avec Jean-Claude Risset, directeur de recherche au CNRS (laboratoire de mécanique et d'acoustique, Marseille).

ÉMILE NOËL : Le domaine de la composition musicale, plus largement, au-delà même des arts sonores, ce que l'on pourrait appeler l'environnement sonore, se présente sous un double aspect. La musique, pour ne parler que d'elle, comprend des lois de composition, mais aussi les timbres, les tessitures, bref, des caractéristiques sonores qui relèvent de l'acoustique. Dans les deux aspects, il se peut bien que le hasard puisse se glisser.

JEAN-CLAUDE RISSET : Oui, je pense qu'aujourd'hui le hasard a un statut dans la composition. Traditionnellement, le hasard était un aléa qu'il fallait plutôt rejeter : quand on pense composition, musique, on pense à quelque chose de structuré, qui a une forme, donc qui est perçu comme n'étant justement pas l'effet du hasard. John Cage a changé tout cela. John Cage est un peu en musique le pendant de Duchamp en peinture : Duchamp avait exposé des objets trouvés. John Cage fait intervenir le hasard en musique : il nous fait écouter comme musique des choses qui n'ont pas été intentionnellement produites comme telle. Depuis, le hasard a acquis un statut chez certains compositeurs contemporains.

Le hasard intervient aussi au niveau du son et du bruit. On opposait souvent le « son musical » au « bruit ». C'est une chose qui a changé. Actuellement, on se rend compte que, pour beaucoup de sons vraiment musicaux, la frontière avec les bruits n'est pas si tranchée ; d'ailleurs, on introduit vraiment des bruits dans la musique et dans la composition sonore – ainsi, les musiques électro-acoustiques ne se limitent pas aux sons instrumentaux et ne distinguent plus nettement les sons musicaux du bruit. Je crois que ce sont deux aspects – le hasard dans la composition et le hasard dans le son – que l'on peut examiner séparément. On pourrait peut-être commencer par la composition.

> Là, bien que n'étant pas spécialiste, je présume que, tout au moins historiquement, la musique s'est d'abord présentée comme un tentative de mise en ordre ?

Oui, bien sûr. Mais le mot « hasard » vient de l'arabe *az-zahr*, qui fait référence à des dés (« Un coup de dés jamais n'abolira le hasard », disait Mallarmé) ; or, dans la Chine ancienne, comme le relate l'historien Sseu-Ma Ts'ien, la composition pouvait faire appel à des dés. Le livre de divination chinois, le *I Ching*, a été utilisé beaucoup plus tard par John Cage pour la composition : mais déjà, dans la musique de la Chine ancienne, le hasard intervenait par le fait de lancer des dés pour agencer des éléments d'une composition. Cela paraît tout à fait étranger à notre pensée occidentale. Pourtant, on a vendu, à la fin du XVIIIe siècle, une méthode à produire des valses – prétendument de Mozart (on s'est aperçu qu'un éditeur peu scrupuleux s'était servi du nom de Mozart pour mieux la vendre) –, des valses que « chacun pouvait composer à l'aide de dés sans connaître la musique ». En fait, une partition comportait un certain nombre de mesures de valse, et on devait tirer aux dés pour savoir dans quel ordre elles allaient se succéder, un peu comme les *Mille milliards de poèmes* de Queneau. Il y avait donc une prédétermination, et le hasard intervenait simplement dans l'agencement de ce qu'on appellerait maintenant une œuvre « ouverte », comme les mobiles de Calder en sculpture. Il y a nombre de « mobiles » musicaux, d'Earle Brown, de Pousseur, par exemple : ce sont des œuvres où des éléments prédéterminés peuvent être agencés de différentes façons, au hasard ou suivant le libre choix de l'interprète. Mais ce libre choix de l'interprète peut éventuellement être laissé au hasard.

> On pourrait dire que, dans la composition avec les dés, on introduit une pratique aléatoire ; en fait, il s'agit plutôt d'une combinatoire ?

C'est cela. Une combinatoire multiple, mais quand même anticipée, prévue comme dans une œuvre telle que les *Archipels* de Boucourechliev. Le hasard est introduit, mais domestiqué, puisqu'il ne peut s'exercer que pour agencer différents éléments qui ont été conçus précisément pour être agencés suivant ces multiples possibilités. Le hasard intervient pour l'œuvre mobile, mais l'œuvre reste construite par éléments. En fait, la musique classique traditionnelle, par exemple, était extrêmement structurée. La théorie de l'information est une théorie récente qui essaie d'évaluer la quantité d'informations susceptible d'être véhiculée, par exemple, par des câbles téléphoniques : cette théorie éclaircit quelque peu la question de la structuration de l'œuvre. L'œuvre, pour être intelligible, doit faire appel à certaines conventions, à certains codes, et donc être, dans une certaine mesure, prévisible par l'auditeur, mais pas complètement prévisible, sinon, à ce moment-là, elle ne présente aucun intérêt. Mais, si elle ne l'est pas du tout, l'auditeur peut être noyé et ne pas arriver à suivre : alors, pour lui, le signal musical est perçu comme du bruit. Le bruit, c'est le signal le plus imprévisible, où n'importe quoi succède à n'importe quoi. Le message musical se situe entre ces deux pôles du totalement prévisible (donc totalement inintéressant – la rengaine) et du totalement imprévisible (totalement original, mais aussi totalement inintelligible – le bruit). Ce qui peut expliquer que certaines musiques ont pu être traitées de « bruit », alors qu'elles nous apparaissent maintenant comme tout à fait claires, structurées, harmoniques, harmonieuses.

On a pu croire que le langage de la musique tonale était stabilisé au XIXe siècle. En réalité, il y a eu constamment des forces de subversion à l'œuvre. Ces forces d'érosion sont liées à la créativité même des compositeurs qui introduisaient chacun une certaine distorsion, de subtiles originalités qui leur étaient propres et qui provoquaient donc une certaine érosion de ce code de la musique tonale. On a pensé, à un moment donné, qu'il y avait vraiment un code universel qui permettait l'intelligibilité : l'auditeur connaissait la règle du jeu, celles des cadences, par exemple. Une analyse plus fine montre que les compositeurs les plus originaux, de Chopin à Wagner en passant par Debussy, essayaient en fait constamment – et Debussy plus que tout autre – de dissoudre, de détruire ces règles, pour en introduire d'autres, sans doute, mais, le code n'étant pas le même, les auditeurs étaient parfois un peu perdus. Il y a eu une dissolution graduelle de la force structurante de la musique tonale du fait de ces créations et spécialement de l'introduction de l'usage du chromatisme. Certains compositeurs épris d'ordre ont cherché à imposer d'autres structurations, en particulier Schoenberg et, à sa suite, d'autres musiciens sériels qui ont mis en œuvre des règles de permutation (Boulez a introduit des séries de rythmes et de durées, par exemple). Ces règles ont abouti à une espèce de surdétermination : le hasard apparaît ici presque exclu. En réalité, évidemment, le compositeur garde une certaine part de liberté. Mais ce que Cage a remarqué, c'est que cette espèce de surdétermination produisait des structures musicales qui apparaissaient incohérentes, chaotiques, désorganisées, issues du hasard. Ce qu'a fait alors Cage, qui était très radical, c'est justement de composer les œuvres non pas en sorte qu'elles paraissent désorganisées, alors même qu'elles étaient très organisées (comme c'est le cas de la musique sérielle), mais de composer, pour ainsi dire, la désorganisation même et donc d'introduire le hasard dans la composition. Sous plusieurs formes. Par exemple en utilisant ce livre de divination chinois, qui permettait en somme de tirer au sort les notes, ou bien suivant toutes sortes d'autres procédés. Cette introduction du hasard était pour lui très importante : elle avait même des raisons d'être philosophiques. Chez Cage, il y a l'idée de supprimer l'œuvre en tant qu'objet qu'on peut s'approprier, user, utiliser, consommer en somme. Je crois qu'il y a là une sorte de réaction contre la réduction de l'œuvre à un objet consommable et un souci de rendre les auditeurs conscients du fait que leur subjectivité ne leur permet pas de considérer l'œuvre comme pur objet de consommation.

L'œuvre disparaît, à la limite, devant les sons eux-mêmes. Cage est allé jusqu'à faire entendre une œuvre qui s'intitule *4' 33"* : 4 minutes 33 secondes de silence. Alors, évidemment, lorsque, dans une salle de concert, l'œuvre se réduit à 4 minutes et 33 secondes de silence, il n'y a pas de silence : les gens font du bruit, d'autant plus de bruit qu'au bout d'un moment ils sont légèrement scandalisés de voir que ce qui se passe n'est pas du tout une œuvre musicale au sens classique. Pour ainsi dire, Cage donne à entendre ce que l'on pourrait appeler le cadre de la musique, c'est-à-dire l'environnement sonore où elle se situe et que d'habitude on efface de la conscience ; ce cadre, qui existe, mais qui est oublié : c'est justement pour faire resurgir ce son oublié qui est dû, dans le sens le plus large, au hasard, parce qu'il n'est pas intentionnel, pas délibéré, pas voulu. Cette position de Cage est très radicale – je ne dis pas qu'elle n'est pas contestable, mais, en tout cas, elle existe.

> Cela fait penser à la démarche des conceptuels dans le domaine des arts plastiques, qui mettent aussi en évidence le cadre de la production plus que la production elle-même. Si je vous ai bien compris, pendant un certain temps, la musique a été une tentative de mise en ordre du désordre, et elle était d'autant plus acceptée qu'elle pouvait se trouver en un juste milieu entre bruit et redondance. Historiquement, des compositeurs ont essayé de mettre en place un dispositif de subversion. D'autres, comme les sériels, ont tenté de surdéterminer la musique, et Cage est un des premiers ou le premier à avoir introduit cons-

ciemment le hasard comme instrument de composition.

Voilà. Mais d'une manière très délétère ! Il y a eu d'autres démarches qui ont été je ne dirais pas plus traditionalistes, mais plus constructives dans le sens où on l'entend habituellement. Par exemple, Xenakis, face à cette surdétermination de la musique sérielle qui agençait beaucoup de paramètres, mais d'une manière si complexe que l'on n'arrivait pas à suivre à l'oreille la manière dont ils étaient assemblés, s'est dit : au lieu d'organiser le discours musical dans tous ses détails, dans toutes ses lignes – finalement, tout cela se perd dans la complexité résultant de la masse d'ensemble –, pourquoi ne pas organiser justement la masse d'ensemble, l'effet de masse global et donc les grandes lignes, les distributions statistiques plutôt que les détails eux-mêmes ? C'est une branche que l'on a appelée la musique stochastique, qui introduit un certain degré de hasard, mais qui le canalise par une série de limitations. Cette démarche a été mise en œuvre dans la méthode de « Monte-Carlo » qu'on utilise en sciences et qui consiste à prendre au hasard des éléments – s'agissant de musique, il peut s'agir de notes, par exemple – pour les passer au crible d'un certain nombre de règles en ne retenant que les éléments qui, pris ensemble, suivent ces règles. C'est une méthode qui a été mise en œuvre sur ordinateur à la fin des années cinquante par Hiller et quelques autres, particulièrement Pierre Barbaud en France. Ce dernier a utilisé une génération aléatoire de nombres. Vous savez qu'il y a des générateurs de nombres aléatoires qui, en fait, simulent le hasard dans un ordinateur. Un ordinateur est parfaitement déterminé, reproductible, mais on peut engendrer une suite de nombres qui a l'air d'avoir été faite au hasard, qui a la distribution statistique du hasard moyennant certaines conditions (qu'une série de nombres ne se reproduise pas, par exemple). Donc, Barbaud a, si je puis dire, modelé son hasard pour qu'il ait les mêmes propriétés de distribution statistique que, par exemple, une musique de Chopin. Il a analysé quelques musiques de Chopin, quelques musiques de Mozart, de Schubert, et ensuite il a filtré son hasard, son choix aléatoire par ces distributions et il a obtenu des compositions produites automatiquement par programme et qui avaient un air de Mozart, de Schubert ou de Chopin, sur le moment suivant la distribution utilisée. Mais, évidemment, à terme, la structure n'est pas celle qu'on trouve dans les compositions classiques.

> J'entends bien, mais, tout de même, on peut utiliser cette méthode de composition et de filtrage pour faire autre chose qu'imiter approximativement Chopin ou Mozart...

C'est justement ce qui a été fait par Barbaud lui-même en introduisant d'autres distributions statistiques que celles de Chopin ou de Mozart, ou par Xenakis dans *Pithoprakta*. Richard Voss s'est aperçu récemment que, si l'on étudiait pratiquement n'importe quelle musique, qu'elle soit contemporaine, occidentale ou d'autres civilisations, ces distributions, en fait, étaient, comme on dit, en 1/f (f = fréquence). En 1/f, on parle d'un bruit fractal, c'est-à-dire non pas un bruit blanc contenant également toutes les fréquences et totalement imprévisible, ni un bruit en $1/f^2$ corrélé comme le mouvement brownien*.

* Un *bruit blanc* est un signal complètement imprévisible, pour

Le bruit blanc est totalement imprévisible – ce qui suit un événement peut être n'importe quel événement –, le mouvement brownien est plus prévisible : un événement ne peut être suivi que par un événement voisin, puisque une particule se déplace de proche en proche et on va toujours au voisinage d'où on est. Dans la musique, c'est plus compliqué. La plupart du temps, on fait des mouvements conjoints, mais, de temps en temps, des mouvements disjoints. Ce comportement en 1/f, aperçu récemment, a l'air d'être une loi assez générale.

> Jusqu'à présent, on a parlé de ce qui concerne le compositeur. Bien entendu, le compositeur a aussi dans la tête les instruments, la façon dont les instruments vont être utilisés, etc. Il y a donc aussi le problème posé par l'interprétation. De l'interprétation jusqu'à l'improvisation en passant par ce qui n'a peut-être pas de rapport, par les musiques répétitives. Où situez-vous les musiques répétitives ?

D'abord du point de vue de l'information. Evidemment, les musiques répétitives apportent peu d'informations,

---

lequel les valeurs successives ne présentent aucune corrélation. Le signal contient toutes les fréquences dans des proportions égales : sa densité spectrale est représentée par une ligne horizontale, indépendante de la fréquence.

Un *bruit en* $1/f^2$ est un bruit dont la densité spectrale est proportionnelle à $1/f^2$: il comporte surtout des fluctuations de basse fréquence. Les valeurs successives du signal ne sont corrélées qu'à court terme. Un signal temporel correspondant à un bruit en $1/f^2$ décrit bien un mouvement brownien, qui a une certaine cohérence locale, mais pas du tout globale.

Dans le *bruit en 1/f*, la densité spectrale est proportionnelle à 1/f. Ici, la corrélation entre valeurs successives décroît plus lentement avec l'intervalle entre les valeurs : ces valeurs sont corrélées à court terme, mais aussi – dans une mesure moindre – à long terme.

elles sont très redondantes. Mais, en même temps, elles introduisent, petit à petit, de légères déviations et un certain aspect de fascination, d'envoûtement, de par la répétition même. Une répétition n'apporte peut-être pas d'information au sens mathématique, mais répétition, c'est aussi différence. Pourtant, le hasard y semble relativement peu présent.

Dans l'improvisation, en revanche, il y a évidemment un aspect de hasard ou un côté fantasque d'invention, de liberté de l'interprète... S'agit-il de hasard ? L'interprétation est une déviation par rapport au squelette mathématique de la partition, une déviation sans laquelle la musique paraît mécanique. Mais une interprétation a un style, et ce style, c'est moins une déviation au hasard par rapport à une réalisation strictement mathématique qu'une déviation systématique, intentionnelle. Par exemple, le deuxième temps dans une valse viennoise « chaloupée » est toujours le plus long, jamais le premier... Ces déviations ne sont pas faites au hasard. Mais il reste évidemment à la fois le caprice de l'interprète et, parfois, des éléments que l'on peut vraiment attribuer au hasard. Ceux-ci interviennent d'ailleurs aussi bien dans la composition, même pour un compositeur d'ordre comme Stravinski, qui disait lui-même que les doigts courant sur le piano sont de merveilleux inspirateurs. Certains musiciens « improvisaient » leurs compositions et les soumettaient par la suite à une correction sévère, avec ou sans règles explicites.

> Le piano, quand on appuie sur une touche, une corde vibre. Il faut le maquiller ou le truquer pour obtenir d'autres sonorités. D'autres instruments, par exemple les instruments à vent, permettent de jouer directement avec les caractéristiques

sonores, ce qui compose la matière sonore. C'est une façon d'aborder le deuxième aspect de notre conversation : les rapports du hasard avec la structure sonore.

Dans notre musique occidentale, je l'ai dit au début, on a l'habitude de penser le son musical comme s'opposant au bruit. Le son musical est régulier, périodique, alors que le bruit, c'est justement ce qu'il faut exclure. En réalité, ce n'est pas le cas de toutes les musiques. La musique africaine, par exemple, fait beaucoup appel au bruit, mais elle ne fait pas appel à des échelles aussi constituées – le jeu musical est un peu autre. Il est certain qu'on utilise aujourd'hui des modes de jeu des instruments à vent qui ont été réprimés jusqu'ici, ce qu'on appelle maintenant des « multiphoniques », et qu'on appelait auparavant des « couacs ». C'est un mode de fonctionnement turbulent, chaotique de l'instrument à vent qui, maintenant, est un mode de jeu légitime dans certains styles de musique. Michel Portal, par exemple, explore les domaines de turbulence de sa clarinette, et j'en ai tiré parti dans une composition, *Attracteurs étranges*, où ces sons bruités jouent un rôle. La musique occidentale s'est d'ailleurs récemment libérée de cette exclusion du bruit en accueillant – d'abord dans la musique électro-acoustique – toutes les sources de sons possibles et, en particulier, les bruits.

Quand on parle de bruit du point de vue de l'auditeur humain, il s'agit généralement d'un signal qu'on ne veut pas entendre, mais, physiquement, ce qu'on appelle bruit, c'est une onde qui n'est pas périodique, mais, au contraire, où la succession des amplitudes est aléatoire. Si l'onde correspond à un bruit blanc, on n'a pas de hauteur perceptible, mais une hauteur peut subsister si l'onde ne comporte qu'une certaine dose de bruit – de hasard. Lorsqu'on entend un chœur, par exemple, il y a de légères différences entre les intonations des différents chanteurs à l'unisson, ce qui introduit une interaction très complexe, une espèce de battement irrégulier qu'on peut simuler par un effet de tremblement aléatoire. On parle d'« effet de chœur » : en introduisant une certaine dose d'aléatoire dans un son périodique, on peut donner l'impression d'une masse chorale. Le bruit et l'incohérence vibratoire jouent un rôle très important dans le son. D'abord, cela permet de changer la nature du son, mais cela permet aussi à notre oreille de distinguer entre de multiples sons simultanés et très voisins. Il est assez mystérieux qu'on puisse, par exemple, entendre simultanément deux notes à l'unisson en détectant qu'il y a deux notes. Ce n'est possible que parce que ces deux notes sont incohérentes entre elles, c'est-à-dire qu'elles comportent de très légères modulations aléatoires qui font qu'elles ne sont pas absolument cohérentes au sens vibratoire. L'oreille est capable, de même que l'œil dans le système visuel d'ailleurs, de détecter ces incohérences et d'assigner à deux sources distinctes ces deux composantes de la vibration.

> Les instruments informatiques et les générateurs de sons électroniques dont nous disposons à l'heure actuelle font découvrir un certain nombre d'aspects appartenant à la structure, à la matière sonore proprement dite.

C'est effectivement par la synthèse qu'on s'est aperçu que l'oreille pouvait distinguer de cette manière des sons simultanés, ce qui donne la possibilité au compositeur (en commandant la structure du son très finement) d'invoquer chez l'auditeur telle ou telle perception – soit d'un ensemble global, soit, au contraire, de composantes séparées. On peut en donner des exemples assez frappants, comme l'ont fait John Chowning et Steve Mc-Adams. Dans une composition de Roger Reynolds réalisée à l'IRCAM, on entend d'abord un son de hautbois, puis ce son se scinde en un son du genre clarinette et un son du genre « voix », une octave plus haut. Cet effet est obtenu en introduisant une micro-modulation aléatoire, erratique, au hasard, différente pour les harmoniques pairs et impairs. C'est un contrôle qui est permis par l'intrusion du hasard qui, ici, intervient de manière très fine, microscopique.

J'ai dit tout à l'heure que le bruit était réprimé dans la musique occidentale classique, censée représenter l'harmonie des sphères, de Dieu, de la société... Le mot *noise*, qui, en anglais, veut dire « bruit », vient du vieux français « noise ». Chercher noise, c'est vouloir le conflit, et, justement, la musique contemporaine cherche parfois à mettre en scène les conflits. Je crois qu'il y a un changement d'attitude dans ce retour des sons bruités réprimés pendant très longtemps. Le hasard intervient ici parce que, justement, le propos n'est plus de ne rien laisser au hasard, mais, au contraire, de mettre en scène le hasard.

Le caractère conflictuel et partiellement aléatoire des décisions rédactionnelles est parfaitement lisible dans l'aspect même du manuscrit : les réfections du texte prennent l'allure de microcatastrophes bouleversant les couches stratifiées du déjà-écrit.

7. Hasard et littérature

Entretien avec Pierre-Marc de Biasi, chargé de recherche au CNRS.

ÉMILE NOËL : En fait, pour le sens commun, la littérature, la « bonne littérature », se présente comme étant un échec au hasard. Le grand écrivain est celui qui réussit à maîtriser tous les aléas et à faire une œuvre dont il est reste le maître. On sait très bien, au travers des interviews d'écrivains à la radio ou à la télévision, que cela ne se passe pas idéalement ainsi. Pourtant, l'idée reçue persiste. Vous qui analysez les processus de la création littéraire, quel sort réservez-vous à cette idée commune ?

PIERRE-MARC DE BIASI : Je crois qu'elle est entièrement juste. Peut-être faudrait-il élargir le champ de ce que vous définissez comme la maîtrise de l'œuvre par l'écrivain. Le chef-d'œuvre littéraire, c'est l'œuvre qui, au-delà de la personne de l'écrivain, produit une forme relevant de la nécessité : une structure où tout est nécessaire et s'enchaîne avec la logique sans faille qui est, par exemple, celle de la tragédie racinienne ; un chef-d'œuvre romanesque suppose une maîtrise de la même intensité. Mais il serait insuffisant de s'en tenir à cette idée de maîtrise logique, parce que cela consiste à ne voir dans l'œuvre qu'une nécessité formelle et linéaire, à se représenter le travail de l'écrivain comme la mise au point d'une série causale qui s'enchaîne parfaitement ; cela ne permet pas de comprendre d'où vient le plaisir du texte. On peut se demander si ce plaisir ne proviendrait pas justement d'une sorte de « trouble de la nécessité », à la fois par excès et par défaut : d'un conflit délibérément mis en place par l'écrivain, qui se solde certes habituellement par la victoire de la nécessité, mais où cette nécessité n'est peut-être pas toujours d'emblée victorieuse. Le plaisir du texte et sa beauté pourraient bien avoir un rapport décisif avec cet antagonisme.

> Alors, on doit pouvoir apercevoir cette espèce de combat entre hasard et nécessité. Cela doit pouvoir se détecter quand on étudie le cheminement dans la création littéraire ?

Oui, on le voit à chaque instant, parce que le travail littéraire est un travail permanent de sélection dans les possibles qui traversent les brouillons d'une œuvre. L'auteur est avant tout l'instance où se recueille, dans la progression d'un brouillon, d'une œuvre qui s'écrit, une accumulation de contraintes qui agissent de plus en plus fortement sur l'écriture : le début d'une œuvre peut être fait de postulations extrêmement diverses et même parfois contradictoires, mais, au fur et à mesure que le brouillon avance, se met en place une logique de plus en plus contraignante qui réduit le champ des possibles ; et, finalement, les dernières pages ou les dernières versions d'une œuvre sont assez généralement un aboutissement logique de l'ensemble de ces contraintes.

> Comme si, dans les premières lignes d'une œuvre, on rédigeait l'énoncé, et, au fur et à mesure que cet énoncé se précise, les déductions imposent sinon une seule solution, du moins un nombre réduit de possibles.

Le processus dépend de la technique de travail de l'écrivain. Au fond, vous avez deux grandes catégories d'écrivains. Il y a ceux qui ont besoin d'une programmation très forte de leur écriture et qui, avant de commencer à écrire pour de bon, vont consacrer un long moment de réflexion et de recherche préliminaires à se renseigner, à se documenter et puis à produire un schéma de programmation de leur rédaction, lequel, ensuite, leur servira de guide pendant tout le travail d'écriture. Et puis vous avez ceux qui rédigent peut-être de manière plus instinctive et moins programmée – avec un minimum d'esquisses et de brouillons préparatoires –, mais qui ont surtout besoin d'une sorte de déclic initial, et pas du tout sous la forme d'une programmation qui leur paraîtrait comme un carcan contraignant, mais plutôt sous la forme d'un noyau embryonnaire. Un écrivain comme Giono, par exemple, déclare qu'il ne peut commencer à écrire que lorsqu'il a trouvé le titre de son œuvre, souvent une formule énigmatique – par exemple : *Deux Cavaliers de l'orage* –, le titre étant ce qui relèverait de l'« inspiration », comme, pour le poète, ce premier vers « donné par les dieux », dont parlait Valéry. Après cela, tout le travail va consister à essayer de justifier le titre en restant au même niveau de qualité. Giono a une belle image pour évoquer ce phénomène : « Si j'écris l'histoire avant d'avoir trouvé le titre, elle avorte généralement. Il faut un titre, parce que le titre est cette sorte de drapeau vers lequel on se dirige ; le but qu'il faut atteindre, c'est expliquer le titre[1]. » Toute la rédaction de l'œuvre consistera à rendre signifiant ce titre, à résoudre son énigme, à rendre nécessaire ce don du hasard. Dans le même esprit, vous avez d'autres écrivains, comme Aragon, qui n'arriveront pas à écrire leur œuvre tant qu'ils n'auront pas trouvé l'incipit, la première page[2]. Mais, une fois que cette première page est trouvée – ce qui peut demander alors un nombre considérable de brouillons –, c'est comme si une sorte de nécessité première avait commencé à se construire : l'embryon est formé, il va se développer spontanément. En fait, à bien y réfléchir, ces façons de procéder ne sont plus tout à fait interprétables en termes de maîtrise et compliquent singulièrement cette fameuse dialectique entre le hasard et la nécessité. Il y a, bien entendu, une part d'aléatoire qui intervient dans la « trouvaille » de l'incipit ou du titre ; mais, en même temps, ce déclic premier relève vraisemblablement d'une nécessité intérieure, inconsciente, fantasmatique ; et, finalement, tout le reste du travail – la rédaction proprement dite – va consister à transformer ce faux aléa du don initial (lequel n'est d'ailleurs pas toujours donné) en une véritable logique qui sera celle de l'œuvre, mais qui ne parviendra à se développer qu'à partir d'un principe originairement obscur.

Les écrivains les plus nombreux sont quand même ceux qui travaillent avec des documents de programmation. Dans ce cas de figure, on a affaire à un véritable travail de géomètre posant l'épure d'un sens qu'il s'agit de construire de toute pièce : une sorte de pari, et de lutte

1. Ricatte R., « Les deux cavaliers de l'orage », *Travaux de linguistique et de littérature*, VII-2, 1969, p. 223 (cité par G. Genette, *Seuils*, Paris, Ed. du Seuil, 1987, p. 65).

2. Aragon, *Je n'ai jamais appris à écrire, ou les Incipits*, Paris, Skira, 1969.

formidable de l'esprit pour bâtir, contre le non-sens ambiant, une forme signifiante ayant sa logique et sa nécessité. Mais, une fois le schéma inventé et posé comme une axiomatique de départ, le travail de l'écrivain consistera non seulement à développer le modèle (en passant du plan au scénario, du scénario au brouillon, etc.) mais aussi à le problématiser en réinjectant ce minimum de non-sens et d'aléatoire sans lequel la structure, logique et nécessaire, resterait inerte. On voit alors paradoxalement l'écriture travailler à se doter d'un nouveau type de relation avec le hasard : ce coefficient d'incertitude sans lequel le certain devient factice.

> Y a-t-il une forme de littérature ou, éventuellement, des cas isolés où les processus que vous dites ont été utilisés pour décrire le hasard lui-même ? En d'autres termes, est-ce que la littérature prend le hasard comme sujet ? Le hasard, dans le déroulement même de l'œuvre, serait à la fois le moteur et l'objet de la description ?

En fait, peu d'œuvres échappent à cette thématique, tout simplement parce qu'elle fait partie de la substance de la vie humaine et que le hasard est au principe de l'imprévisible, du « nouveau », qui représentent des ressorts littéraires essentiels, au moins dans les œuvres narratives. Un roman est, inévitablement, d'une manière ou d'une autre, lié à un itinéraire biographique et, plus souvent encore, à plusieurs itinéraires biographiques ; dans cette situation, il est clair que le thème de la rencontre, par exemple, devient un motif privilégié de la dialectique du hasard et de la nécessité. Mais une rencontre, ou tout autre événement du même type, peut à la fois être traitée comme le résultat d'un croisement fortuit et, à une autre échelle, comme l'effet d'une nécessité cachée, jusqu'à la théorisation poétique qu'en donne le surréalisme avec la notion de « hasard objectif ». L'événement donné pour aléatoire est ainsi ce qui pourra se transformer en destin à l'échelle de l'œuvre tout entière : par un système d'échos, de symétries redessinées après coup, d'anticipations, de symbolisations, etc., qui sont évidemment des « trucages » d'écrivain, le récit produit, par exemple, une série de « coïncidences » qui, d'une manière sous-jacente, pourront finir par composer une sorte de logique supérieure. Evidemment, le traitement de ces coïncidences, de ce jeu avec la fatalité, dépend beaucoup du « métier » de l'écrivain, de son génie, et aussi de sa conception du monde. Le problème se posera d'une façon particulière pour les écrivains qui cherchent à défendre des thèses, à illustrer des idées sur le monde et sur l'histoire, et pour qui l'œuvre est l'occasion de démontrer ces thèses. Dans ce cas, la question du hasard, qu'elle soit résolue en termes de providence, de liberté existentielle ou de déterminisme social, etc., pourra en partie échapper à la problématique purement littéraire pour devenir l'objet d'une mise en scène argumentée. Quand Zola fait un roman sur le destin d'une famille ouvrière au XIXe siècle, il a derrière lui, derrière son geste littéraire, des idées à défendre, un engagement à mettre en œuvre, un message philosophique et politique à transmettre... Mais vous avez des écrivains qui voient dans leur métier d'écrivain – je pense, par exemple, à Flaubert – l'exigence absolue de ne pas s'engager dans autre chose que le travail littéraire. Et, là, il sera beaucoup plus difficile de référer à une idéologie quelconque les formes du hasard ou de la nécessité qui se manifestent dans l'œuvre.

Mais, que ce soit explicite ou implicite, il est hautement probable que l'intime conviction ou la pulsion de l'auteur reste toujours présente. Un lieu commun dit que le romancier écrit toujours le même roman. Alors, où est le hasard là-dedans ?

On a une idée plus précise de cette question depuis que l'ami Sigmund Freud a voulu tirer tout cela au clair – mais, à vrai dire, les écrivains ne l'avaient pas attendu ; ils en savaient depuis longtemps déjà assez long sur le sujet. Avant tout, il est indispensable de discerner dans l'œuvre ce qui est délibéré et ce qui ne l'est pas. Et la génétique littéraire nous en donne les moyens. Ce que montrent les brouillons, c'est que l'écrivain est souvent beaucoup plus conscient qu'on ne le supposait. Là où les psychanalystes pensaient déceler du fantasme, de l'inconscient, des phénomènes qui auraient échappé complètement à l'auteur, les manuscrits démontrent que, bien souvent, on a affaire à un travail délibéré de symbolisation de l'écrivain. Tel ou tel détail bizarre n'est pas du tout une trace de l'inconscient qui s'imprime à l'insu de l'auteur, mais un effet de son travail, un choix longuement médité, souvent avec la conscience d'imiter la logique du rêve et, quelquefois aussi, avec la volonté vicieuse de créer de « fausses pistes ». C'est du moins ce que semblent nous dire les manuscrits. La psychanalyse n'est pas née en un jour. A beaucoup d'égards, elle s'est trouvée précédée dans ses découvertes par une longue tradition de recherche sur les pathologies du psychisme ; et ces recherches faisaient partie du contexte intellectuel dans lequel pensaient les écrivains. Ainsi, les *Carnets* de Flaubert, écrits dans le demi-siècle qui précède les publications de Freud, sont-ils pleins de notes prises dans les ouvrages des spécialistes des maladies mentales, avec un conscience très nette chez Flaubert que ces recherches ont un rôle à jouer dans la conception littéraire. A côté de cela, bien entendu, les brouillons font aussi apparaître, mieux que le texte, tout un ensemble de phénomènes incontrôlés, et notamment des « lapsus » qui en disent parfois long sur l'inconscient de l'écriture[1].

Mais les traces de l'inconscient ne sont pas les seuls phénomènes mystérieux de la rédaction. Les relations entre la logique de l'œuvre et les aléas du vécu posent quelques problèmes non négligeables. Prenons le cas d'un écrivain qui se documente pour un roman, qui, avant de rédiger une scène, va sur place dans le lieu qu'il veut décrire ; par exemple, Flaubert se promenant dans la forêt de Fontainebleau avant d'écrire l'épisode des promenades amoureuses de Frédéric et Rosanette à Fontainebleau dans *L'Education sentimentale*. Il est sur place, en cabriolet ; à un arrêt, il note dans son petit carnet : « Silence – deux femmes passent, portant des bourrées sur leur dos – un petit cri d'oiseau très faible – le cheval souffle. » Or cette évocation, anodine, circonstancielle, née d'un petit hasard du vécu, se retrouve quasiment telle quelle dans le roman[2]. Aucune nécessité de logique narrative n'explique l'intégration de ce détail.

1. Loin de remettre en cause les recherches psychanalytiques sur le texte littéraire, la critique génétique leur a ouvert un champ considérable d'investigations : celui des documents de genèse dans lesquels le contrôle conscient et la censure sont en général plus effacés que dans le texte de l'œuvre publiée. Il est d'ailleurs significatif qu'un des premiers théoriciens de la critique génétique – Jean Bellemin-Noël – soit aussi l'un des plus remarquables représentants de la recherche sur l'inconscient des textes littéraires, fondateur de la notion de « textanalyse » qui s'écarte des méthodes de la psychanalyse appliquée et des démarches psychobiographiques pour tenter une étude au niveau des mécanismes textuels et avant-textuels de l'inconscient.

2. « Ils se croyaient loin des autres, bien seuls. Mais, tout à coup, passait [...] une bande de femmes en haillons, traînant sur leur dos de longues bourrées. Quand la voiture s'arrêtait, il se faisait un silence universel ; seulement, on entendait le souffle du cheval dans les brancards, avec un cri d'oiseau très faible, répété. » (*L'Education sentimentale*, III, 1).

Ce qui fait que cette note va passer directement du vécu dans le texte du roman, c'est ici, comme en beaucoup d'autres passages du texte[1], la volonté d'une sorte de mini-cryptage à usage personnel : c'est une sorte de clin d'œil que l'auteur s'adresse à lui-même. C'est que, pour certains auteurs, il existe, vraisemblablement, entre l'acte d'écrire et l'acte de vivre, une relation de réciprocité absolue qui construit une autre forme de nécessité.

> Flaubert, dites-vous, se place parmi les auteurs qui, délibérément, considèrent la littérature pour la littérature elle-même, mettant à l'arrière-plan leur idéologie personnelle. Il existe des démarches encore plus systématiques : des mouvements littéraires qui utilisent des procédures aléatoires, des techniques de démarquage, des emprunts systématiques ou des décalages – je pense évidemment à l'Oulipo, mais il y en a d'autres. Derrière ces démarches, il y a la volonté de réduire la part de subjectivité personnelle.

Oui, sans doute. Je pense que ces démarches représentent une façon assez sympathique, et finalement assez juste, de sonder le littéraire du point de vue de ses conditions formelles. Contrairement aux apparences, ces démarches ne cherchent pas du tout à se faire le jouet du hasard, mais visent plutôt à faire échec au hasard en

1. Ces cas abondent dans plusieurs œuvres de Flaubert : les carnets démontrent que de tout petits faits personnels plus ou moins fortuits, dont nous ne pouvons reconnaître le caractère autobiographique, sont intégrés de loin en loin dans le texte. Ainsi, dans le même épisode, les deux personnages, Frédéric et Rosanette, vont déjeuner dans une auberge et choisissent de manger une bonne « matelote d'anguilles ». Ce plat est directement issu, dans la rédaction, d'un petit fait de hasard : lorsqu'il se trouvait lui-même à Fontainebleau, pendant son repérage, Flaubert était allé dîner dans un restaurant à l'enseigne de « A la bonne matelote ».

jouant à prendre la littérature au pied de la lettre. En réalité, l'Oulipo (comme naguère la charade de Victor Hugo, ou le « cadavre exquis » des surréalistes) développe une sorte de vertige formaliste : il s'agit d'extraire de la langue des structures vides plus ou moins précontraintes que l'écriture va emplir pour produire du nouveau, des configurations nouvelles et vertigineuses de sens. Sur l'essentiel, cela n'est pas trop différent des contraintes formelles que vous vous donniez au XVIIe siècle si vous décidiez d'écrire une tragédie, ou un sonnet. Il est clair que l'informatique, dans ce domaine, apporte une technique idéale de formalisation et de pilotage qui simplifie la tâche du scripteur, et aussi une mobilité logique qui élargit considérablement le champ des rédactions potentielles. Mais, sur le fond, j'ai la sensation que ces tentatives sont surtout en parfaite harmonie avec une certaine tradition littéraire. D'ailleurs, lorsque les écrivains d'inspiration oulipienne se mettent au travail sur un projet de rédaction de grande dimension, un roman, par exemple (comme ceux de Perec), leur démarche créative retrouve spontanément, à côté de l'innovation aléatoire, des règles assez classiques de la création romanesque. Mais leur tradition serait plutôt leibnizienne, fondée sur une conception plus « calculatrice » que « démiurgique ».

Il y a une logique leibnizienne du travail littéraire qui se pense comme un travail sur le possible : lorsqu'il rédige, l'écrivain ne cesse d'opérer une sélection parmi l'infini des possibles, un peu comme le Dieu de Leibniz, qui calcule et fait passer à la réalité une essence alors qu'il y a mille essences qui l'implorent de passer à la réalité. L'écrivain qui se donne des contraintes formelles se place dans la même situation, et avec le même but : celui de construire le meilleur des mondes – littéraires –

possibles... Cela n'a rien d'abstrait, et n'appartient pas en propre à l'Oulipo : c'est le travail même de l'écrivain. Le brouillon d'un roman flaubertien est assez généralement constitué d'une quinzaine ou d'une vingtaine de versions. Dans la première phase de la rédaction, vous trouverez des dizaines de versions variantes, divergentes et même parfois contradictoires du même récit. Les possibles se multiplient, s'entrecroisent ; le récit s'amplifie, se dilate au maximum. Et puis il y a un moment où, sous l'effet d'une contrainte plus globale, qui est celle de l'œuvre, les options se resserrent : quelque chose se choisit. Ce sera le texte.

> Vous dites : « Quelque chose se choisit. » En vous entendant, on a l'impression qu'il n'y avait peut-être pas d'autre choix possible.

Oui. Et même, en forçant un peu les mots, on pourrait dire qu'à cet instant où le texte émerge du chaos il n'y a plus exactement un auteur, ou, ce qui revient au même : qu'à cet instant l'écrivain n'est plus qu'un « écrivant », l'instrument par lequel le texte se produit. En tout cas, à partir d'un certain point, les brouillons donnent l'impression que la personnalité de l'auteur, ses goûts, ses choix, ses répulsions, etc., deviennent beaucoup moins importants que l'organisme qui est l'œuvre et qui a ses exigences, qui élimine le hasard avec sa logique personnelle et ses ressources propres. D'une certaine manière, l'écrivain n'est plus libre, à partir d'un certain moment de son travail de création, de modifier à loisir, dans un sens ou dans un autre, la rédaction.

> Il est l'auteur d'un faisceau de lois qu'il est contraint de respecter à partir d'un certain moment ?

Voilà. Et qui sont de plus en plus fortes. D'ailleurs, lorsqu'un écrivain réfléchit à ce qu'ont été les moments clés de sa rédaction, il n'est pas rare, d'une manière ou d'une autre, qu'il en arrive à cette idée.

> J'ai le souvenir d'une réponse que Raymond Queneau faisait lors d'un entretien à la radio. Il parlait du démarquage en disant (je cite de mémoire) : « Pour faire un roman, ce n'est pas très compliqué, vous prenez un roman que vous aimez, vous changez un certain nombre de paramètres et le roman est écrit. Et il est bon si vous avez du talent. »

Oui. C'est le génie de Queneau. Et il n'a pas tort. Les plus grands n'ont rien fait d'autre. Quand Flaubert écrit *Bouvard et Pécuchet*, il fait un collage de tous les romans, de toutes les histoires naturelles, de tous les textes scientifiques de son époque, il ne fait rien d'autre, et pourtant il fait une œuvre absolument inédite qui a bouleversé l'histoire de la littérature, qui continue à être un modèle pour un très grand nombre d'écrivains du XXe siècle, notamment d'Amérique du Sud. Mais cela consiste seulement à dire que la matière première de la littérature, c'est la littérature, c'est tout. Ce que les années soixante ont défini comme « intertextualité » permet de penser ce phénomène d'un point de vue critique et met, entre autres, en évidence qu'un texte qui s'écrit est en relation constitutive avec tous les textes qui l'ont précédé et avec lesquels joue l'écrivain. Mais, ce qu'il ne faut jamais oublier, c'est ce jeu, cette part de plaisir ludique qui entre presque toujours dans ce processus quand on a affaire à un grand écrivain. Il utilise et même exploite la littérature passée ou présente pour faire une nouvelle littérature, mais en jouant, en quelque sorte pour rire, en inventant une nouvelle règle du jeu.

> Il y a un certain nombre de contraintes qui peuvent être élaborées ou déduites, ou encore bien repérées, mais de l'impondérable se cache encore. On peut même supposer que certains auteurs – et peut-être parmi les plus grands – tiennent à se préserver une part de liberté et, bien qu'ils veuillent faire échec au hasard, ils se réservent de petites bulles de hasard.

C'est même décisif. C'est, d'une certaine façon, l'autre sens de ce que l'on disait tout à l'heure sur le moment où l'auteur disparaît. Il faut y voir, certes, l'effet des contraintes de l'œuvre ; mais ces contraintes resteraient vaines sans la volonté résolue qu'a l'auteur de s'effacer. Cette attitude s'observe chez les écrivains qui font de la littérature une sorte de finalité absolue : l'œuvre ainsi conçue implique une sorte de désengagement total, de disparition de tout ce que l'auteur peut avoir d'historique, de factuel, de singulier, d'éphémère, etc. Un auteur comme Flaubert, qui a l'obsession de ne pas être présent dans ses romans, se dote d'une règle d'acier pour y parvenir : l'« impersonnalité ». Mais il le fait pour des raisons qui ne sont pas du tout l'humilité, puisque son ambition secrète est de ne laisser dans ses œuvres pas plus de trace de Gustave Flaubert que n'en ont laissée dans les leurs des auteurs comme Shakespeare et Homère – auteurs sur lesquels on ne sait à peu près rien, et qui ne sont pourtant pas de petits bonshommes. Flaubert pense même qu'ils ne sont grands qu'à la mesure de leur absence. Cette obsession de Flaubert s'explique par la volonté de donner à son travail, à ses œuvres, une dimension qui soit à l'abri de la forclusion du temps, à l'abri des modes, par exemple, à l'abri de tout ce que le présent peut avoir de facilement révolu, d'oublié très vite, etc. Flaubert écrit avec l'idée que ses œuvres ont pour destination tout le temps historique que durera la langue française, tout simplement. Cela signifie que, d'une certaine manière, il faut installer à l'intérieur de l'œuvre une sorte de liberté, ou d'ouverture intérieure, qui soit disponible pour l'avenir. Il y a un courant critique venu d'Allemagne – la critique de la réception – qui s'est interrogé sur cette stratégie, sur le fait qu'un chef-d'œuvre longtemps après sa rédaction continue à faire sens. Cette évidence ne va pas complètement de soi : comment se fait-il qu'on continue à lire Shakespeare, Rabelais, Goethe, Balzac, etc. ? La critique de la réception explique comment chaque génération recrée l'œuvre en la lisant avec ses propres codes, etc. Si on étudie ce problème d'un point de vue génétique, c'est-à-dire du point de vue de l'écriture, du travail de l'écrivain, on s'aperçoit que, chez quelques grands auteurs, cette question a été concrètement posée en termes de rédaction : l'auteur s'est demandé comment il fallait aménager de l'intérieur son texte pour qu'il demeure accessible à des cultures dont il n'avait pas forcément, en son temps, la possibilité de deviner ce qu'elles seraient. C'est un problème essentiel, parce que cela veut dire que, sous l'effet de cette question, l'œuvre intègre à sa propre nécessité immédiate celle de s'ouvrir au hasard du futur. En pratique, cela consiste avant tout pour l'auteur à créer en creux la forme d'un lecteur potentiel ouvert. Un lecteur qui, même très loin dans l'avenir, ne sera pas désorienté, choqué ou désintéressé par ce qu'il sera en train de lire. Donc, cela implique d'abord, à la lumière de ces grandes œuvres du passé qui n'ont pas disparu, que l'on réfléchisse sur les ressources anhistoriques du mythe, c'est-à-dire sur ces vastes configurations narratives qui ont une valeur inconsciente et logique permanente. Cela implique de la même manière que l'on anticipe sur le lecteur futur, en posant l'hypothèse qu'il appartiendra à une culture peut-être plus évoluée : il s'agit donc de débarrasser le texte de tout ce qui pourrait être conclusif, toute conclusion étant une sorte de coup de force contre l'avenir et contre l'évolution de la pensée : éliminer de l'œuvre tout ce qui arrête le sens. La « volonté de ne pas conclure » ne désigne nullement chez Flaubert une volonté d'inachèvement – son œuvre vise la perfection d'une forme achevée –, cela désigne seulement sa volonté de ne pas arrêter le sens. Le texte est un réseau en perpétuelle recomposition où les significations circulent à la fois par mille voies principales et secondaires, sans qu'il soit possible d'assujettir l'ensemble à un sens hégémonique : tout est en place pour qu'un autre lecteur, venu, cent ou deux cents ans plus tard, d'une autre culture, puisse à son tour y circuler librement et avec plaisir, selon un itinéraire qui sera le sien.

C'est quelque chose qui est achevé, mais ouvert ?

Voilà. Une structure parfaitement achevée, nécessaire et suffisante, mais dans laquelle on a introduit assez d'indécidable pour la rendre capable de survivre par ses propres ressources : une forme pleine et souveraine, mais animée par un inaltérable coefficient d'incertitude qui la rend disponible à des siècles de lectures à venir. L'image la plus propre à décrire ce type de dispositif serait peut-être l'échiquier du jeu de go après la victoire d'un grand maître : une structure sans faille, mais pour toujours « vivante », grâce à ses « yeux », c'est-à-dire grâce aux espaces de libertés intérieures qu'elle a su ménager derrière ses propres frontières, libertés qui la rendent à la fois praticable et imprenable.

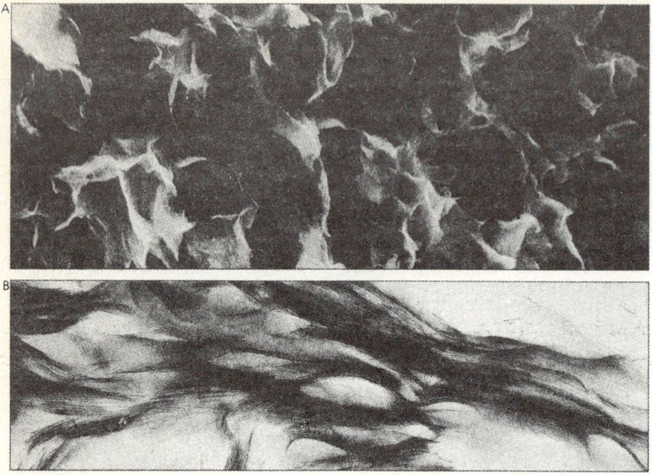

Les argiles, telles ces « smectites » vues au microscope à balayage (A et B), ont peut-être joué un rôle primordial dans l'apparition des premières formes de vie. Leurs structures particulières et leurs propriétés catalytiques ont pu mener de petites molécules organiques à s'assembler en édifices complexes, ancêtres de nos macromolécules. Ces précurseurs auraient acquis peu à peu la capacité de se reproduire d'eux-mêmes pour finalement devenir autonomes.

8. Hasard et biologie moléculaire

Entretien avec Antoine Danchin, directeur de recherche au CNRS, chef de l'unité de régulation de l'expression génétique à l'Institut Pasteur.

ÉMILE NOËL : La biologie aujourd'hui, ce n'est pas *que* la biologie moléculaire, mais c'est quand même cette biologie-là qui est la plus actuelle, la plus évolutive. On a tendance à la considérer comme la « biologie de pointe ». Le hasard est-il présent dans ce secteur de recherche ? Objet d'étude ? Concept utile, inutile ? Quel est le statut du hasard en biologie moléculaire ?

ANTOINE DANCHIN : Pour chacun d'entre nous, puisque la biologie moléculaire a été en grande partie créée par la personnalité de Jacques Monod, le hasard intervient de façon presque évidente *via* le titre de son livre, *Le Hasard et la Nécessité*. Mais on peut s'interroger sur la validité du choix des termes par Monod lui-même, en particulier du choix du terme « hasard ». Il est assez remarquable que l'épigraphe qu'il a mise à son livre – « Toutes choses dans la nature sont le fruit du hasard et de la nécessité » – et qu'il a attribuée à Démocrite n'existe pas dans Démocrite. En fait, le hasard n'est pas du tout une notion grecque. Les Grecs avaient peut-être une notion de contingence, d'interactions de séries causales indépendantes créant une nouvelle série causale, mais pas de notion de hasard. D'ailleurs, le hasard intrinsèque, à mon sens, ne pourrait pas réellement être une notion scientifique. En réalité, ce que l'on trouve chez les Grecs présocratiques, à côté de Démocrite, c'est une phrase de Leucippe qui dit : « Rien dans la nature ne vient par soi-même, mais tout est le fruit d'une loi et de la nécessité. » Une loi, ce n'est pas du tout le hasard. Ce qui, selon moi, est très important dans tout ce qui concerne la biologie moléculaire actuelle, c'est la découverte et la création de modèles des lois biologiques.

> Est-ce que ce ne serait pas la conséquence d'une mauvaise traduction, par « hasard » ? En tout cas, on peut penser que Jacques Monod a cité cette phrase de bonne foi. Il croyait vraiment qu'elle était de Démocrite.

Oui. Je pense que c'était un modèle généralement représenté des atomistes qui voulaient exprimer non pas le hasard intrinsèque, mais le fait qu'il y a un grand choix dans la variété préexistante, et c'est effectivement dans ces conditions que naît la vie, c'est-à-dire dans un choix de variétés. Mais il n'y aurait pas du tout de création de système vivant, il n'y aurait pas d'origine de la vie, en fait, s'il n'y avait des contraintes extrêmement strictes. Ce qui est très remarquable aujourd'hui, c'est que l'on peut commencer à comprendre quelles sont ces contraintes.

Vous venez d'introduire ma seconde interrogation qui portait sur l'origine de la vie. Le hasard a-t-il joué un rôle quelconque dans l'apparition de la vie ?

Je vais essayer de vous montrer en quoi elle ne se rapporte pas au hasard proprement dit. En fait, dans les modèles actuels de l'origine, très longtemps on a pensé à une soupe prébiotique, c'est-à-dire à une espèce de bouillon de culture dans lequel serait née la vie et dans lequel, en effet, agirait un grand hasard. Ce modèle est inadéquat, comme cela a été montré en particulier par Cairns-Smith et par Wächtershaüser récemment. L'idée nouvelle de l'origine est, au contraire de ce qui se passe dans une soupe, l'idée d'un tri sélectif extrêmement puissant à la surface de solides. Et c'est le tri de réactions chimiques se produisant à la surface de certains solides qui va pouvoir créer les polymères vivants et le métabolisme général de la vie. En fait, on se rend compte que, justement, on est très loin du hasard, que seules certaines familles de réactions peuvent avoir lieu, en particulier tout ce qui maintient à la surface certaines classes de molécules. Seules peuvent rester en surface, par exemple, les molécules assez fortement chargées négativement ; dès qu'elles ne le sont plus, elles s'échappent dans cette solution, elles se diluent, elles disparaissent. Donc, le hasard n'intervient que relativement peu dans ces conditions ; on a la construction en surface d'un métabolisme. Là où intervient, au sens non pas profond mais superficiel, du hasard (ce que je préfère appeler de la « contingence »), c'est dans la combinatoire des premières molécules. De la même manière que nous roulons aujourd'hui à droite, certaines molécules vont se construire avec une symétrie miroir d'un certain type. Et l'on peut rapporter au hasard le fait de rouler à droite. Autrefois, sur les routes, du Moyen Age jusqu'à Napoléon, on roulait, en fait, à gauche. Pourquoi roulait-on à gauche ? Parce qu'on avait l'épée sur le côté gauche et qu'en cas de mauvaise rencontre il valait mieux l'avoir dans sa main droite, donc vers le centre de la route. Si l'on était brigand, évidemment, il en allait de même. Napoléon, qui a voulu brutalement changer ces mauvaises pratiques, a imposé le changement radical : au lieu de rouler à gauche, rouler à droite. Ce qui, d'ailleurs, n'a pas été fait en Angleterre. On voit très bien comment un point de départ – rouler à gauche ou à droite – est contingent : on peut commencer d'un côté ou d'un autre, mais, une fois qu'on a fait ce choix, on est obligé de s'y maintenir, sauf si une divinité extérieure, en l'occurrence Napoléon, intervient pour réorganiser l'ensemble. Cela veut donc dire qu'au début on a une certaine famille de molécules qui vont commencer à se construire. Si elles prennent un chemin convenable qui leur permet de continuer à construire d'autres molécules – et c'est ce qui est arrivé au système vivant –, elles sont piégées dans les premiers choix qu'elles ont faits. C'est cela qu'on pourrait imaginer comme hasard et que j'appelle, moi, « contingence ».

Le choix, pour les protéines, de tourner à droite plutôt qu'à gauche ?

Pour les acides aminés, en fait. Ou pour l'ADN, par exemple, en effet, de faire une hélice qui tourne à droite plutôt qu'à gauche (elle tourne, d'ailleurs, dans certains cas, à gauche), mais c'est vrai que, quand les premiers enchaînements ont été faits, ceux-ci imposent les suivants. Le choix fait, peu importe le choix initial, il impose la suite. Il y a donc une certaine non-contrainte au début qui, ensuite, impose des contraintes. Ce qui va donc importer, c'est la création de lois biologiques, c'est-à-dire de règles de correspondance entre les différents objets biologiques. Et cela, c'est quelque chose qui, probablement, doit extrêmement peu au hasard. Seules certaines combinaisons en nombre extrêmement restreint peuvent permettre ce qui donne lieu aujourd'hui à la vie.

> Cela, on peut le comprendre, mais il reste la question de savoir pourquoi ça tourne à droite plutôt qu'à gauche.

Eh bien, de la même manière que, quand on a une symétrie, elle n'est pas nécessairement le cas le plus stable, on a été obligé de choisir. Cela a été ou la droite ou la gauche tout simplement parce que l'équivalence entre droite et gauche était instable. Donc, une fois qu'on est tombé d'un côté ou de l'autre, on a choisi définitivement. C'est ce choix premier qui peut être considéré comme du hasard, d'une certaine manière, mais qui est entièrement contraignant pour la suite.

> Mais il est bien vrai que cette bascule d'un côté plutôt que de l'autre est …

… contingente.

> D'accord. Cela aurait pu très bien être dans l'autre sens.

Absolument. On pourrait effectivement imaginer une vie totalement miroir de la nôtre. Il ne s'agit aucunement d'un hasard intrinsèque : on peut avoir une causalité entièrement déterministe qui ait mené à ce choix. Simplement, il ne faut pas confondre « déterminé » et « prévisible ».

> Est-ce à dire que, pour le moment, nous ne sommes pas capables de savoir pour quelles raisons cela s'est orienté de ce côté plutôt que de l'autre ? Une cause initiale nous échapperait encore ?

Il me semble que cette cause initiale est purement contingente. De la même manière que la tuile qui me tombe sur la tête un jour de grand vent est une série causale indépendante de moi, mais qui aura une conséquence considérable par la suite. A mon sens, il ne s'agit pas de hasard au sens de hasard intrinsèque. Il s'agit simplement de croisement de routes. Il y a eu une cause qui produit, localement, par exemple, une concentration légèrement supérieure d'acides aminés de type L (des acides aminés dont la symétrie en miroir est d'un certain type), plutôt que de l'autre type (le type D) : c'est cela qui a été simplement le point de départ. Simplement parce qu'on ne pouvait pas maintenir (aucune loi n'aurait pu le faire) l'équivalence exacte des concentrations locales. Comme aucune divinité ne pouvait maintenir ces concentrations exactes, il y avait nécessairement en un lieu un peu plus d'un type que de l'autre. Si c'est en ce lieu que les premières polymérisations se sont faites, le système s'est enclenché, et il ne peut plus revenir en arrière.

> Cela fait penser à ce que l'on dit quelquefois à propos de la matière et de l'antimatière. Une

hypothèse propose que l'antimatière ait été complètement annihilée simplement parce qu'il y avait initialement juste un peu plus de matière.

Tout à fait. C'est exactement ce que l'on dit lorsqu'on parle de rupture de symétrie. On a souvent trop tendance à croire que la symétrie c'est l'équilibre, que la symétrie est nécessaire. En réalité, elle est, la plupart du temps, impossible à maintenir. Par conséquent, cela bascule d'un côté ou de l'autre, peu importe lequel.

Peut-on en déduire que la vie ne pouvait pas ne pas apparaître ?

C'est très, très différent. Je crois qu'on ne peut pas du tout dire cela. Il existe un très grand nombre de contraintes à l'apparition de la vie. Je peux vous décrire un scénario assez détaillé. Chacune des étapes de ce scénario sera relativement simple, mais ces étapes seront très nombreuses. La probabilité de réussir la chaîne dans le bon sens est, à mon avis, relativement faible. Pour cette raison, il est difficile d'affirmer que la vie existe ailleurs. On ne peut pas davantage affirmer le contraire.

Chaque séquence de la chaîne est-elle indispensable à l'apparition de la suivante ?

Au moins en partie. Ce qui est surtout indispensable, c'est la fabrication des petites molécules de base. Il est probable que cela se fait dans pas mal d'endroits. Disons que, dans tous les endroits où l'on a des surfaces d'un genre proche de celles de la Terre, il est probable que le métabolisme carboné se fait. Il n'y a rien d'anormal à la chimie organique de surface, rien d'anormal non plus à la fabrication d'un grand nombre de polymères. Maintenant, que ces polymères se correspondent les uns aux autres, cela commence à devenir beaucoup plus contraint par les premières étapes. On ne peut pas faire un calcul de probabilités sur les chances de la vie ailleurs, du moins la vie telle que nous la connaissons.

Ces polymères doivent être susceptibles d'une certaine stabilité et, ensuite, capables de se reproduire.

Ces aspects-là ne sont pas nécessairement trop difficiles. Le plus important, c'est qu'ils puissent jouer d'une correspondance d'une classe à une autre classe de polymères.

Se combiner, en quelque sorte ?

Non. C'est véritablement une traduction : un texte spécifie un autre texte et le second texte manipule le premier. C'est cela le principe de la vie. C'est un faux cercle. Ce n'est pas seulement un miroir, c'est justement une transposition. Cette transposition permet de se regarder soi-même. De la même manière, d'ailleurs, que ce que nous sommes en train de faire, grâce au langage, parler de la vie alors que nous sommes vivants.

C'est une boucle évolutive ?

Une boucle qui va avoir comme conséquence l'évolution, oui, mais une boucle qui a aussi la propriété de pouvoir se contempler elle-même. La création d'une boucle de ce genre n'est certainement pas élémentaire – on pourrait imaginer d'autres types de polymères qui répondent à la question –, mais je ne pense pas que l'on puisse en aucune manière faire le moindre calcul de probabilités pour savoir si ça peut avoir lieu ailleurs. Tous les maillons de base sont probables, mais leur combinaison, elle, est très particulière.

> Quand vous dites « se contempler », c'est une métaphore. Avez-vous une autre façon de formuler cette faculté particulière ?

La seule façon que j'imagine, c'est le magnétoscope. Vous avez un écran de télévision et une caméra vidéo. Vous pouvez donc, avec cette caméra vidéo, regarder le monde. Elle vous donne alors une image du monde. Mais si, tout d'un coup, vous la tournez vers le téléviseur, il apparaît des structures qui ont des propriétés tout à fait nouvelles, tout à fait originales en elles-mêmes. Elles sont limitées par un certain nombre de contraintes, mais elles sont tout à fait originales. Pourquoi est-ce que l'on peut faire cela ? C'est que l'image – donc les photons lumineux – est transformée en signaux électriques traités d'une manière très particulière, signaux qui, à leur tour, peuvent remanipuler les photons. Si cette transposition des photons lumineux en signaux électriques était impossible, cette caméra ne pourrait pas se renvoyer sa propre image qu'elle regarde pour se la renvoyer, et ainsi de suite. Si on réalise cet enchaînement, on voit apparaître des espèces de spirales extrêmement approfondies, éventuellement des structures pulsatiles, en fait toute une série de phénomènes tout à fait originaux qui sont, disons, émergents et nouveaux précisément parce qu'on a créé une transposition d'un objet matériel – en l'occurrence les photons – en un autre objet matériel, des signaux électriques, cette fois.

On appelle cela « larsen-image » dans le jargon audiovisuel. Si j'ai bien compris, les différentes séquences sont, en elles-mêmes, plutôt probables, mais leur combinaison présente un degré de probabilité qui n'est pas estimable.

Ce qui ne veut pas dire qu'il soit improbable. Simplement, je ne vois pas comment on pourrait l'évaluer, du moins en l'état actuel.

C'est à cause d'un haut niveau de complexité ?

Ce n'est pas extrêmement complexe, non. Je pense que ce sont de petites étapes... C'est de la conjonction-disjonction. Simplement, il y en a beaucoup. Curieusement, je pense qu'on est encore très proche de l'origine, en réalité. Dans la vie d'aujourd'hui – c'est là qu'intervient d'ailleurs la biologie moléculaire –, on voit encore très clairement beaucoup de traces de l'origine. C'est l'une des choses les plus frappantes, je trouve, qui soient apparues récemment. Nous sommes proches de l'origine, mais on ne peut pas dire que les étapes qui ont créé ce qui apparaît aujourd'hui soient ou non probables. Disons qu'il est encore très tôt. Peut-être s'apercevra-t-on qu'il n'y avait que très peu de chemins possibles, et que celui-ci était très probable. Dans l'état actuel, on doit surtout avouer son ignorance.

En fait, il y a un très grand nombre de contraintes, mais, si ces contraintes sont respectées, la vie est hautement probable.

D'une certaine manière, oui. Mais le problème, c'est l'enchaînement, plus que les contraintes.

La combinaison des contraintes.

Si, dans l'enchaînement, interviennent des phénomènes du genre de la tuile que l'on mentionnait tout à l'heure, alors, cela devient très improbable. C'est tout ce que l'on peut dire. On n'en sait pas davantage à l'heure actuelle.

Revenons à cette notion de hasard... Dans le fonctionnement de la vie, le hasard, ou, du moins, un aspect hasard, joue-t-il un rôle ? Quel est le point de vue de la biologie moléculaire ?

Je préférerais à nouveau ne pas l'appeler « hasard ». Dès que l'on emploie ce mot, cela revient à dire que l'on ne sait rien sur ce qui se passe. Je préférerais l'appeler « opportunisme ». Je vais essayer de vous donner un exemple pour vous montrer comment procède l'évolution, en particulier l'évolution moléculaire. Vous êtes à votre bureau, vous avez beaucoup de papiers sur la table, vous êtes en train de lire un livre et, derrière vous, la fenêtre est ouverte. Le vent se lève, et les papiers vont se répandre partout. Qu'est-ce que vous faites ? Vous prenez le livre et vous vous en servez comme presse-papier. Cela veut dire la chose suivante : un objet particulier – une molécule, par exemple – peut être entièrement et brutalement détourné de sa fonction pour en prendre une autre. Le livre se transforme en presse-papier. Le plus frappant, dans les molécules du vivant, c'est précisément ce genre d'opportunisme. C'est-à-dire que certaines molécules, qui, apparemment, ont une fonction très bien définie et pour laquelle on a l'impression qu'elles sont admirablement adaptées, vont brutalement être détournées vers quelque chose qui n'a rien à voir et pour quoi, finalement, elles se révéleront aussi bien adaptées. Le livre comme presse-papier est très bien adapté. L'exemple qui me paraît le plus frappant à cet égard, c'est la formation du cristallin chez les vertébrés. Le cristallin est constitué de cellules remplies de protéines qui ont la propriété d'avoir une structure vitreuse les rendant parfaitement transparentes. On s'est rendu compte récemment de quelque chose d'incroyable : quand on compare le cristallin d'oiseau, celui d'un amphibien, celui d'une souris et le cristallin humain, on ne trouve pas les mêmes protéines. Comme si, assez curieusement, on avait inventé la même chose plusieurs fois alors que la structure était là. Non seulement ce ne sont pas les mêmes protéines, mais surtout ces protéines sont des enzymes avec des activités qui n'ont rien à voir avec le fait d'être un cristallin. Brutalement, la surproduction de ces protéines dans une cellule a révélé un mélange transparent – comme le blanc d'œuf. On voit donc très bien que c'est typiquement un opportunisme, comme le cas du livre dont je vous parlais. Des cellules remplies pratiquement de n'importe quelles protéines (j'exagère, cela mériterait d'être détaillé) se transforment en une cellule transparente. Comme une cellule transparente est très utile, particulièrement dans le cas d'un cristallin, c'est sélectionné. Vous allez me dire que c'est du hasard, je vous répondrai que c'est typiquement de la contingence, de l'opportunisme.

> Oui. Ce sont les conditions initiales, provoquant cette nécessité de l'opportunisme, qui restent « hasardeuses ».

C'est la sélection, en réalité. Quand on est dans un milieu très sélectif, pour lequel il y a un véritable avantage… Prenons le cristallin. Il est clair que, lorsque des individus variés surexpriment certaines protéines dans certaines cellules, si ces protéines sont transparentes, c'est un avantage immédiat. Aucune divinité ne va s'interroger pour savoir si, finalement, ces protéines servaient à autre chose. Elles sont très bien là maintenant. Elles restent et on les conserve. Je crois que le terme d'« opportunisme moléculaire » devrait apparaître, plutôt que celui de « hasard ». On fait feu de tout bois, en réalité.

> Ainsi, le mot « hasard » est assez inopportun dans votre domaine. Admettons qu'il ne soit pas très pertinent.

Dans nos disciplines, en fait, nous employons très peu le mot « hasard ». Nous cherchons à décrire l'enchaînement des causes. Le hasard s'est introduit chez nous *via* le livre de Jacques Monod, essentiellement. Mais c'était pour des raisons tout à fait différentes, je dirais des raisons morales, qui sont très marquées par l'époque et par la philosophie de Camus, par exemple, sur la solitude dans le monde, qui ont fait que Monod a choisi cette vision particulière de la biologie. Mais, à mon sens, on utilise peu le hasard ; on cherche à décrire des enchaînements de causes, même si ce sont des causes qui correspondent à des séries n'ayant pas tellement de raisons autres de se croiser réellement.

> Quand des biologistes comme vous réfléchissent à ces problèmes, derrière la contingence, il y a peut-être aussi cette idée de la solitude dans le monde ?

Pas véritablement. C'est plutôt l'idée de l'intérêt de la variabilité, le fait qu'il y ait pas mal de causes, de choix possibles initialement présentés à chaque système vivant et, précisément, une nécessité : la création des êtres vivants. A la fois, les êtres vivants doivent lutter contre la variété et, sans cesse, utiliser la variété pour évoluer. C'est essentiellement sous cet aspect de production de variété que pourrait réapparaître, si l'on veut, cette idée de contingence essentielle.

> Une fois qu'un certain nombre de séquences se sont produites, alors, effectivement, il y a un véritable déterminisme. Les conséquences de ces séquences préalables sont telles qu'on peut les dire déterminées. Il n'en reste pas moins, pourtant, de l'indéterminé, disons plutôt une non-connaissance…

Oui. Une non-connaissance, plutôt que de l'indéterminé. Je crois – c'est un point un peu différent, mais qui peut être très important pour la biologie, la biologie moléculaire en particulier – que l'on peut parfaitement considérer les êtres vivants comme entièrement déterminés. Malheureusement, beaucoup de gens croient, à cause des idées des Lumières, que « déterministe » veut dire « mécaniste », « horloger ». Or « déterministe » n'a rien à voir avec cela. On sait parfaitement, depuis, en particulier, Hadamard et Poincaré, qu'un système entièrement déterminé peut être imprévisible. Cela vient tout simplement du fait qu'il est extrêmement sensible aux conditions initiales. Donc, je crois qu'on peut admettre les systèmes vivants comme étant parfaitement déterminés, mais cela n'enlève rien ni au libre arbitre ni à l'immense variété des solutions possibles et de l'évolution. De ce point de vue, je pense qu'il y a un point, j'allais dire « moral », qui apparaît lié à la biologie moléculaire d'aujourd'hui et qu'on devrait mentionner concernant, par exemple, l'eugénisme. Il ne peut pas y avoir d'eugénisme positif. L'eugénisme est toujours absurde en soi, précisément parce qu'un système vivant est construit de telle manière que son avenir est imprévisible. Quelle que soit (sauf des cas tout à fait délétères) la combinatoire choisie, on ne peut pas prédire les résultats de cette combinatoire. L'apparition de l'homme est très probablement le résultat, entre autres, d'une anomalie chromosomique détectable que, sans doute, suivant certains modèles actuels, des gens auraient voulu éliminer rapidement. Nous nous serions ainsi tués nous-mêmes ! Ce qui montre bien qu'il est extrêmement important de comprendre que « déterminé » ne veut pas dire « prévisible ». C'est en ce sens qu'il faut se débarrasser du hasard pour rester déterministe, mais en admettant l'imprévisible, surtout avec le système vivant, produit d'un compromis entre un grand nombre de solutions. Ce compromis résulte d'une compétition entre les différentes solutions. Chaque individu est un compromis.

Déterminé, mais libre.

Absolument. Ce qui paraît paradoxal.

9. Hasard et paléontologie

Entretien avec Armand de Ricqlès, professeur de biologie évolutive et de paléontologie à l'université Paris-VII.

ÉMILE NOËL : Avec vous, c'est la paléontologie, mais aussi, bien entendu, les disciplines associées, l'anatomie comparée, etc., qui vont nous servir de référence pour examiner le hasard d'un autre point de vue. Le hasard intervient-il dans l'évolution, par exemple ? Première question préalable : est-ce que, dans votre domaine, le mot « hasard » a un sens ?

A. DE RICQLÈS : Je pense que le mot hasard a un sens, et, en première approximation, on peut tout simplement lui donner celui que tout le monde lui donne. On peut prendre le hasard au sens commun sans aucune difficulté particulière, quitte à raffiner par la suite.

Les paléontologues travaillent généralement sur des fossiles, est-ce que le hasard intervient dans le recueil de ce matériel ?

Je pense que la documentation disponible sur l'évolution grâce à la paléontologie n'est pas du tout exempte de hasard, et on peut dire que bien des découvertes paléontologiques importantes ont été fortuites. Encore de nos jours, des découvertes paléontologiques très significatives, pour notre connaissance de l'évolution, peuvent dépendre, par exemple, de l'ouverture de telle autoroute qui va passer à tel endroit… ou de telle tranchée de TGV qui va mettre au jour un gisement insoupçonné. On voit donc manifestement que le hasard, au sens le plus habituel, peut jouer un rôle très important dans la découverte paléontologique. Il ne faudrait pas croire néanmoins que la découverte paléontologique se fasse uniquement « à coups de hasard » et grâce à lui. Bien entendu, les paléontologues savent dans quel terrain il faut chercher tel type de document, et cela a même permis de dire que « les fossiles venaient au rendez-vous du calcul ». C'est une expression qui montre à quel point il peut y avoir aussi du déterminisme dans la recherche des fossiles et pas exclusivement du hasard.

> Au fur et à mesure que la discipline avance, il y a un certain nombre de « lois » qui indiquent qu'il faut aller chercher ici plutôt que là pour trouver telle catégorie de fossiles ?

Absolument. Il faut aller chercher dans des terrains d'un certain âge, des terrains qui pourront présenter telle ou telle caractéristique sédimentologique, et, de ce point de vue, la recherche tend à éliminer de plus en plus la part du hasard. Mais cette part de hasard intervient en tout état de cause parce que, même quand on est sur un terrain qui – théoriquement – est tout à fait favorable, eh bien, on va rencontrer, par exemple, des déclivités. Il faudra monter, descendre le long de collines ; il y a des endroits où l'érosion aura creusé, et on marchera sur ce terrain… On pourra passer à quelques mètres d'un fossile très intéressant qu'on ne verra pas, et puis on pourra tomber, quelques mètres plus loin, sur quelque chose de très intéressant ou sur des esquilles sans intérêt. Il y a, dans la pratique la plus concrète, la plus terre-à-terre (c'est le cas de le dire !) de la paléontologie, un aspect hasardeux. Il faut aussi avoir l'œil. Un bon paléontologue de terrain aura l'œil attiré par telle et telle chose qu'une autre personne ne verra pas en passant exactement dans les pas du premier. Il y a donc une question de chance.

D'un point de vue plus général, on peut dire que les documents paléontologiques sont quelquefois « biaisés » : et, là, il y a une part en quelque sorte d'anti-hasard, une part de déterminisme. Il est évident que certains animaux, certaines plantes qui vivaient dans des environnements peu susceptibles de fossilisation auront, en moyenne, beaucoup moins de chance d'être retrouvés dans la documentation paléontologique. En revanche, les animaux qui vivaient dans des endroits marécageux, dans des zones deltaïques où des sédiments épais et abondants se déposaient, ont statistiquement plus de chances d'être fossilisés, d'être conservés. Comme vous le voyez, à tous les niveaux de la recherche paléontologique, il y a une espèce de dialogue entre connaissance précise, prévision possible et hasard.

Jusque dans la constitution même de l'échantillonnage, si je comprends bien ?

Absolument. Dans la constitution de l'échantillonnage, comme je vous le disais à l'instant, nous pouvons avoir des découvertes qui sont fortuites, sujettes au hasard, alors que d'autres types de documents pourront raisonnablement être attendus, recherchés et recueillis d'une façon moins aléatoire.

Est-ce que vous avez un exemple qui pourrait illustrer ce que vous venez de dire ?

Oui, je pense à un des fossiles les plus célèbres, l'oiseau le plus ancien que l'on connaisse, *Archeopteryx*, dont la plupart des représentants (on en connaît six exemplaires à l'heure actuelle) présentent très nettement des traces de plumes entourant le squelette. Eh bien, on aurait parfaitement pu envisager de retrouver ces ossements dans d'autres gisements non constitués de calcaire à grain très fin, comme le gisement où l'on a rencontré *Archeopteryx :* dans ces conditions, l'empreinte des plumes n'aurait pas été conservée, ce qui, très probablement, aurait induit chez les paléontologues d'autres conclusions que celles auxquelles ils ont abouti. Donc, on voit bien là encore intervenir un phénomène en quelque sorte dû au hasard, en l'occurrence celui d'une conservation exceptionnelle d'un document – ici, les traces des plumes – qui, bien que hasardeux, est d'une très grande valeur pour la connaissance et pour la reconstitution de l'évolution.

> C'est assez troublant parce que, alors, on peut penser qu'il y a effectivement, dans certains autres cas, des disparitions ou des manques aléatoires dans la documentation qui ont peut-être suscité des interprétations erronées. Mais venons-en maintenant à la façon dont votre discipline apprécie l'éventuelle action du hasard dans la vie des espèces, dans la spéciation, dans l'évolution, en général.

Il me semble que la part du hasard, hasard intrinsèque, hasard profond, a été extrêmement importante, et cela à tous les niveaux. Il y a d'abord, dans la formation des espèces actuelles et, bien entendu, de l'ensemble des espèces fossiles qui les ont précédées, un hasard *constitutif*, qui est le hasard de la mutation au sens large, des mutations, de toutes les transformations génétiques héritables et héréditaires. Ces transformations, pour autant qu'on le sache à l'heure actuelle, et mes collègues généticiens vous en parleront de manière plus précise que moi, sont le fruit du hasard. Telle mutation qui va modifier tel gène, c'est essentiellement un phénomène hasardeux. Donc, la *variabilité* qui va être constitutive finalement de la possibilité de formation de nouvelles espèces, de la diversité du monde vivant, cette variabilité, intrinsèquement, au départ, est largement le fait du hasard. Ensuite, à un autre stade, celui que la paléontologie peut davantage apprécier, on va retrouver ces phénomènes hasardeux à tous les niveaux de l'intégration biologique. Par exemple, quel va être le devenir d'une population locale contenant en son sein des individus qui ont subi telles et telles mutations ? Eh bien, leur devenir va être entièrement dépendant de phénomènes au fond très hasardeux qui seront, entre autres, la nature de l'environnement présent. Si cet environnement permet, par exemple, à cette petite population locale d'être séparée de grandes populations dont elle provient, et donc de se reproduire dans l'isolement, il y a quelques chances pour que les nouveautés qui sont apparues par mutations puissent se fixer au sein de la population. Celle-ci aura éventuellement un avenir assez largement déterminé par des conditions d'environnement local permettant son isolement. Et ces conditions d'isolement sont, il faut bien le reconnaître, des conditions de type géographique, géologique, qui sont le fruit du hasard, relativement aux populations en question. En outre, dans une *petite* population, des phénomènes purement hasardeux de *dérive génétique* pourront conduire celle-ci à l'extinction, quelle que soit la « valeur » des mutations qui sont intervenues.

A-t-on des exemples qui illustrent ce cas de figure ?

Bien entendu. On a beaucoup insisté, au cours de ces vingt dernières années, sur l'importance des modèles représentés par les îles et par les archipels, justement parce que nous avons là des exemples de spéciation en cours, de formation de nouvelles espèces, de divergences au sein de populations qui sont extrêmement parlants et bien étudiés. Il est évident que la création de ces milieux géographiques permettant l'isolement est un phénomène hasardeux, qui s'ajoute à l'autre phénomène hasardeux qui est celui des mutations qui créent la variabilité de départ.

Cela fait donc plusieurs séquences indépendantes qui peuvent se croiser.

Oui. Nous voyons donc déjà ce hasard qui apparaît au niveau de la mutation, puis nous le voyons à un niveau plus vaste, celui du devenir des populations. Cela peut être généralisé à des niveaux encore plus vastes : dans l'histoire évolutive, des lignées concernant des groupes systématiques d'organismes vont se trouver sur tel continent. Des phénomènes qui, par rapport aux êtres biologiques, sont des phénomènes totalement hasardeux sont des phénomènes de type géologique. Supposez que tel continent tende à se fragmenter par suite de phénomènes comme ceux qu'étudie la tectonique des plaques. Voilà un événement purement hasardeux par rapport aux populations, à l'ensemble des êtres vivant sur ce continent. Les fragments vont, à leur tour, dériver – certains pourront dériver vers les hautes latitudes, d'autres vers l'équateur, ce qui va complètement modifier les conditions locales de vie, donc les conditions des pressions sélectives dont va dépendre le devenir des espèces et des populations locales. L'évolution de ces ensembles d'êtres vivants va finalement dépendre de facteurs géologiques qui sont des facteurs de nature hasardeuse ou, si vous voulez, des variantes indépendantes relativement à la destinée desdites populations.

> C'est-à-dire depuis les environnements les plus étroits, les plus petits, jusqu'à l'environnement global de la Terre entière ?

Absolument. On retrouve ces notions de hasard relativement au devenir de la vie à tous les niveaux d'organisation, depuis les niveaux moléculaires jusqu'aux niveaux biogéographiques et temporels les plus vastes. On pourrait en donner quelques exemples avec l'histoire des mammifères. On pense généralement que les marsupiaux, tels les kangourous d'Australie, d'une part, et les placentaires, d'autre part, c'est-à-dire les mammifères comme vous et moi, le chat, la belette et le chien, ont un ancêtre commun que l'on situe à l'ère secondaire. Il est vraisemblable que la séparation du groupe des marsupiaux par rapport au groupe des placentaires est un événement relativement fortuit qui a une origine biogéographique. C'est ce que l'on appelle un phénomène de séparation par vicariance. Il est très probable que les ancêtres des placentaires vivaient sur un bloc euro-afro-asiatique, tandis que les ancêtres des marsupiaux vivaient sur un bloc qui comprenait les Amériques et toute cette guirlande qui était encore continue et qui comprenait l'Antarctique et l'Australie. Au fond, toute l'histoire évolutive ultérieure de ces deux grands groupes de mammifères a été, dans une certaine mesure, commandée, contrôlée par ce phénomène essentiellement aléatoire, essentiellement hasardeux qu'a été la répartition géographique de leurs ancêtres immédiats sur des plaques qui ont connu des destins différents.

Ainsi, une différence infime se caractérise, prend de l'ampleur, s'installe et finit par donner des espèces (voire des groupes entiers) qui apparaissent comme très éloignées ?

Oui. Une série de phénomènes aléatoires va, en quelque sorte, s'amplifier dans ses conséquences au cours du temps et aboutir à des résultats tout à fait considérables sur le plan biologique. Pourtant, tout n'est pas hasard dans l'exemple que je vous ai cité. On peut en donner pour preuve les extraordinaires phénomènes de convergence, de ressemblance, que montrent certains groupes de marsupiaux avec certains groupes de placentaires. Cela veut dire que tout n'est pas possible : à partir d'un mammifère « de base », si ce mammifère doit s'adapter à un certain mode de vie, si on veut « faire » un herbivore, si on veut « faire » un petit mammifère planeur entre les arbres, si on veut « obtenir » un carnassier, n'importe quelle morphologie, n'importe quel type structural, n'importe quelle adaptation physiologique ne sera pas possible. Les marsupiaux, pour leur compte, ont donc différencié au cours de leur propre évolution certains types d'organismes qui ressemblent étonnamment aux placentaires, qui jouent les mêmes rôles dans les écosystèmes. Tout n'est donc pas hasard. Il y a des contraintes de construction qui existent dans la nature. Peut-être que, si les choses s'étaient passées autrement, le type adaptatif représenté par les hommes à l'heure actuelle aurait pu être réalisé par les marsupiaux. Qu'en savons-nous ?

Ces événements, en tout cas, sont extrêmement lents, s'étalent sur des durées considérables. Un autre phénomène, dont se préoccupe la paléontologie, concerne les grandes extinctions des espèces. Il semble que, là, ces extinctions soient plus brutales.

On peut effectivement s'interroger sur la part de hasard qui revient à ces phénomènes extrêmement spectaculaires et, au fond, terrifiants que nous montre la paléontologie. Vous savez qu'au cours des 600 derniers millions d'années, pour lesquelles nous avons de nombreux fossiles, on assiste de temps en temps à des épisodes, relativement brefs en termes géologiques, au cours desquels un nombre colossal d'espèces animales et végétales semble disparaître très rapidement. Que veut dire « très rapidement » ? Il faut immédiatement mettre un bémol : on ne sait pas si c'est la durée d'une journée ou si cela représente 1 demi-million d'années, voire davantage, mais enfin, c'est très « rapide », à l'horloge géologique. Les faunes et les flores, après ces épisodes d'extinction, sont considérablement appauvries. Et l'évolution va repartir, quelquefois dans des voies extrêmement différentes. Ces extinctions interpellent le hasard, et cela sur plusieurs plans.

D'abord, ces extinctions sont-elles le fait du hasard ou bien sont-elles déterminées ? Proviennent-elles d'un déterminisme plus ou moins strict ? Classiquement, la plupart des chercheurs pensaient qu'elles étaient essentiellement dues aux hasards, des hasards climatiques, géologiques... typiquement la rencontre de nombreuses séries causales indépendantes, selon la définition célèbre, qui entraînait des circonstances locales ou générales dont découlait la mort de nombreuses espèces. Or, depuis Alvarez, depuis une dizaine d'années, on a proposé d'autres interprétations qui voient dans les grandes extinctions à caractère plus ou moins catastrophique un déterminisme cyclique, très probablement de nature cosmologique. On a avancé, en particulier, qu'il y avait une périodicité dans les grandes extinctions, on a proposé une périodicité d'environ 26 millions d'années. Tous les 26 millions d'années, il y aurait des phénomènes d'extinction tout à fait massifs. Si c'était bien le cas, de telles extinctions périodiques ne seraient pas dues au hasard ; il faudrait penser à une cause cosmologique générale.

Quelque chose comme la place du système solaire dans la Galaxie ?

Absolument. On a pu penser, par exemple, que le système solaire pouvait traverser, de manière cyclique, des bras poussiéreux de la Galaxie ou des zones de la Galaxie plus riches en météorites qui pourraient, du fait de leur chute sur notre globe, entraîner des phénomènes massifs et plus ou moins catastrophiques d'extinction. Je dois dire qu'à l'heure actuelle ces théories extraterrestres semblent avoir un peu de plomb dans l'aile. On en revient à des théories d'origine interne, terrestre. Avec beaucoup de plausibilité, on a mis en avant le rôle de certains phénomènes de volcanisme dans les grandes extinctions. De plus, à mon sens, on n'a pas encore pu prouver de manière décisive que les extinctions étaient véritablement cycliques.

Je voudrais dire encore, à propos de ces extinctions, relativement au hasard toujours, qu'on peut considérer l'extinction d'espèces comme une composante normale de l'évolution. Les espèces les moins bien adaptées, selon l'interprétation darwinienne traditionnelle, seraient progressivement remplacées par d'autres espèces mieux adaptées aux conditions extemporanées de l'environnement. Mais, dans le cas d'une extinction massive, la plupart des espèces d'un milieu donné, qu'elles soient bien adaptées à ce milieu ou non, et quels que soient les mécanismes qui ont permis cette adaptation, se trouvent éliminées. Nous allons donc avoir des écosystèmes extraordinairement appauvris. Ce qui va entraîner de nouvelles possibilités d'évolution pour les survivants. Les survivants, ce ne sont pas les « meilleurs » ou les « mieux adaptés » ou les plus « perfectionnés », mais tout simplement, peut-être, ceux qui auront eu la *chance* de ne pas être au mauvais endroit au mauvais moment. Ainsi, nous aurions une composante aléatoire très importante dans la nature de ces survivants qui vont permettre à l'évolution de rebondir ultérieurement en occupant des niches écologiques qui avaient été laissées vacantes. Vous voyez donc qu'à bien des égards ces phénomènes de grandes extinctions font intervenir le hasard de façon très importante.

> Ainsi, le hasard interviendrait de façon encore plus générale sur le processus même de l'évolution ? On peut alors se demander s'il y a une prédétermination quelconque de l'évolution et si même la notion de « progrès » a beaucoup de sens dans ce domaine…

Vous abordez là des questions extrêmement vastes et qui rejoignent tout autant le problème des croyances personnelles, en tout cas, les problèmes philosophiques que les problèmes propres aux sciences « dures » en quelque sorte : celui du sens de l'évolution. Le mot « sens » lui-même a un double sens : « direction » et « signification ». Direction de l'évolution ? L'évolution est-elle un progrès ? Ou bien est-ce quelque chose de complètement aléatoire, de complètement hasardeux ? La réponse, peut-être curieusement, n'est pas évidente. Pour les chercheurs qui ont travaillé ces questions dans l'optique de la philosophie des sciences du XIXe siècle, cela ne faisait pratiquement pas de doute que l'évolution biologique avait une progressivité. Il y avait une complexité croissante, une adaptation de plus en plus poussée des organismes aux conditions de l'environnement, etc. A l'heure actuelle, on a une vision un peu plus « nihiliste » de ces questions. Beaucoup de chercheurs sont loin d'être persuadés qu'il soit facile de plaquer le concept de « progrès » sur celui d'« évolution biologique ». Progrès par rapport à quoi ? C'est l'éternel problème du référentiel dans ce domaine, et il est bien difficile de trancher un tel débat, surtout en quelques instants. Peut-être faut-il simplement y faire allusion plutôt que d'essayer d'y répondre ! Il me semble évident, en tout état de cause, dans le domaine que nous venons d'aborder, celui de la paléontologie et de l'évolution, que le hasard a un rôle omniprésent. Nous le trouvons, comme je le disais, dès l'origine, au niveau moléculaire, dans l'apparition de la nouveauté sur laquelle la sélection va avoir prise, et nous le retrouvons ensuite à tous les niveaux de l'intégration biologique, depuis le sort d'une petite population jusqu'au sort des centaines d'espèces qui vont se trouver à la dérive sur tel ou tel continent. Le hasard est partout dans l'évolution, mais tout n'est pas hasard ! Il existe des contraintes de construction, les systèmes représentés par les êtres organisés sont extrêmement complexes, ce sont des systèmes de systèmes, et qui dit « système » dit « contrainte ». Il y a des contraintes, des nécessités, pour employer un aphorisme célèbre, qui font qu'avec le temps, en biologie, tout n'est pas possible. Tout n'est pas hasard, tout n'est pas déterminisme, il y a une subtile balance, un équilibre entre ces deux composantes.

> J'entends tout de même que l'évolution est arrivée provisoirement jusqu'à l'homme, mais que la contingence y est pour beaucoup.

Cela me semble tout à fait clair. Dire que l'homme était peu probable, cela me paraît impropre, puisque nous sommes là aujourd'hui à discuter, mais l'homme aurait très bien pu ne pas apparaître. Ce résultat était partiellement déterminé, mais aussi très largement contingent. Je crois que le message des sciences de l'évolution est celui d'une certaine ambivalence, d'une certaine ambiguïté, de la modestie, aussi. Comme dans tous les domaines historiques, le hasard, l'aspect circonstanciel des choses, est important. C'est lui qui peut faire dévier de manière imprévisible quoi que ce soit de sa course.

Mais, si l'homme n'était pas apparu, y avait-il de fortes présomptions pour que des équivalences apparaissent ? Même au niveau de la complexité, de l'accès à ce qu'on appelle l'intelligence ?

Oui. Il y a eu beaucoup de réflexions menées à cet égard – une des plus amusantes est celle qui voudrait voir dans certains dinosaures bipèdes de l'ère secondaire des organismes très perfectionnés et qui auraient pu devenir l'« équivalent » d'êtres humains, s'ils avaient développé leur cerveau (on s'est même amusé à élaborer, sous forme de maquette, d'hypothétiques dinosaures carnivores très intelligents qui auraient pu devenir des espèces d'humanoïdes). Heureusement pour la lignée des mammifères (et pour nous), il y a eu la grande extinction du crétacé supérieur qui a éradiqué ces « concurrents » ! Une autre conception verrait dans les mollusques céphalopodes des organismes très intelligents et potentiellement capables d'aboutir à une intelligence réfléchie, si on leur en « laissait le temps » ! Mais ils ont peut-être des difficultés : leur système anatomo-physiologique les contraint à vivre dans l'eau salée, dans les mers et les océans : les mollusques céphalopodes sont donc encore loin d'avoir fait la transition vers le milieu terrestre que nos ancêtres amphibiens ont réalisée il y a plusieurs centaines de millions d'années.

Nous en resterons donc à cette conjecture.

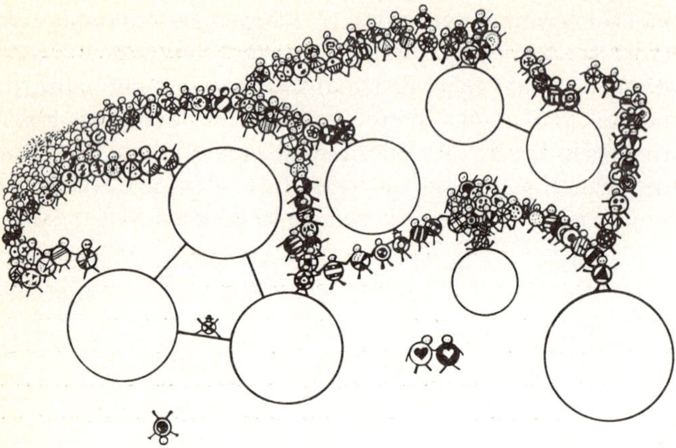

Le nombre d'individus différents que permet le cycle méiose-fécondation dans toute population sexuée est très supérieur à l'estimation donnée par les astronomes du nombre des atomes de l'univers.

10. Hasard et génétique des populations

Entretien avec Albert Jacquard, professeur de génétique à l'université de Genève.

ÉMILE NOËL: Dans cette conversation, il va être question de votre discipline et d'un concept qui semble se promener aussi bien dans le monde des sciences, dans celui des arts, que dans la vie ordinaire : le hasard. Commençons donc par préciser ce qu'est au juste votre discipline, la « génétique des populations ». Quelles sont les interrogations que l'on s'y pose... On verra ensuite les instruments qui permettent de répondre à ces interrogations et si le hasard y a une place.

ALBERT JACQUARD : La génétique, c'est la science qui essaye de comprendre ce qui se passe quand un individu transmet son patrimoine à son descendant. La difficulté résidait dans le fait que l'on se met à deux pour en faire un troisième. On n'a vraiment compris en quoi cela consistait qu'il y a cent vingt-cinq ans, grâce à Mendel. A son époque, Mendel fut d'ailleurs bien le seul à comprendre. Il a fallu attendre 1900 pour qu'enfin on saisisse que ce que chaque individu transmet, c'est la moitié de ce qu'il avait reçu. On ne transmet pas ce que l'on est, on transmet la moitié de ce que l'on a reçu. Cela change tout. En particulier, cela remit en cause toutes les théories de l'évolution. Que ce soit Darwin ou Lamarck, tous les savants admettaient alors que chacun transmet peu ou prou ses caractéristiques : on a un grand nez, on transmet son grand nez ; on a de petits pieds, on transmet ses petits pieds, etc. La génétique depuis Mendel nous dit : « Pas du tout, vous ne transmettez pas votre nez ou vos pieds, vous transmettez la moitié des gènes qui ont fait que vous avez un nez de telle forme ou des pieds de telle longueur. » Et cela amène également à remettre en cause les théories de l'évolution. Or la théorie de l'évolution ne concerne pas un individu, mais un ensemble, une espèce, et même toutes les espèces qui, peu à peu, découlent les unes des autres. Il a donc fallu remettre tout le darwinisme en chantier pour tenir compte du fait que, contrairement à ce que croyait Darwin, ce que l'on transmet ce n'est pas une caractéristique, c'est une collection de gènes. Dans une population, bien sûr, il y a des caractéristiques variables, mais ce qui va vraiment définir ce qu'est la population de génération en génération, ce ne sont pas des individus qui exhibent leurs caractéristiques, ce sont des gènes qui, peu à peu, vont gouverner ces caractéristiques. Et puis, au cœur de tout, il y a le processus de transmission de ce patrimoine collectif de génération en génération.

> La génétique des populations est donc une discipline s'intéressant à la collection de gènes qui définit une population déterminée. Elle essaye de repérer la façon dont ces gènes vont gouverner les caractéristiques de cette population.

Et aussi la façon dont cette collection collective va évoluer. Comment va-t-elle évoluer ? Certains individus qui portent tel gène vont peut-être mourir avant de procréer, donc les gènes qu'ils portaient vont disparaître ; d'autres, au contraire, grâce à leurs gènes, vont avoir plus d'enfants ; ces gènes-là vont peu à peu se multiplier dans la population ; des mutations vont se produire. Par ailleurs, le choix du conjoint peut également jouer un rôle, et, surtout, quelques gènes ne vont pas être transmis puisque, au cœur du processus, il y a le fait que chacun ne transmet que la moitié de ce qu'il a reçu. Ainsi, certains de mes gènes, même si je fais dix enfants, ont 1 chance sur 1 000 de n'être transmis ni au premier, ni au deuxième, ni au dixième. Donc, même si on a beaucoup d'enfants, une partie de son propre patrimoine génétique n'est pas transmis. Au niveau d'une population tout entière, il y a ce que l'on appelle la « dérive », qui opère, sans causes, la transformation du patrimoine. Cette dérive, bien sûr, est d'autant plus rapide que l'effectif de la population est plus petit. Vous voyez que, finalement, le but de la génétique des populations, c'est de mettre en équations, de faire des modèles, pour voir les rôles respectifs du choix du conjoint, des mutations, de la sélection, de la dérive au hasard et des migrations sur l'évolution du patrimoine de chaque population.

> Voilà la raison pour laquelle les mathématiques sont un instrument précieux ici : en particulier, les probabilités. Et puis, je ne sais pas si c'était tout à fait conscient, mais le mot « hasard » est apparu dans votre discours.

Oui, en fait, j'en étais conscient. J'ai essayé de ne pas le prononcer, mais je n'ai pas pu. J'aurais dû ne pas l'utiliser, car je n'en avais pas vraiment besoin. Ce dont j'avais besoin, c'était le mot que vous venez de prononcer : « probabilité ». En fait, sans chercher la cause, le constat s'impose que l'on ne peut raisonner en ce qui concerne l'évolution du patrimoine génétique qu'en termes de probabilités. On est obligé d'utiliser le raisonnement probabiliste. Et l'on peut très bien introduire le raisonnement probabiliste sans faire aucune référence à ce concept étrange, et, à mon avis, un peu creux, de hasard.

On y reviendra, si vous voulez. Ne serait-ce que pour montrer l'intérêt des mathématiques, le domaine des mathématiques qui rend le plus service et les résultats que l'on peut en attendre.

Depuis quelques dizaines d'années, il y a une reconstruction assez profonde des modèles de l'évolution. La plupart des sociétés vivent encore avec l'idée du darwinisme dans leur esprit, de la sélection naturelle, autrement dit une certaine nécessité qui conduit l'évolution : un gène est mauvais, il va disparaître ; un gène est bon, il va se répandre. On imagine qu'ainsi, peu à peu, selon les milieux, tel gène s'est répandu, les races se sont différenciées, puis, un beau jour, une race est devenue une autre espèce, etc. Or, actuellement, on ne pense plus que cela soit si simple. En fait, on essaye de donner le poids maximal au mécanisme central : le tirage au sort des gènes au moment de chaque procréation. Du coup, quand on essaye de voir ce qui se passera à l'avenir, on s'aperçoit qu'on ne peut pas prévoir quelle sera la fréquence d'un gène dans tant de générations, mais on peut, éventuellement, calculer la probabilité pour que cette fréquence soit égale à ceci ou cela. Autrement dit, on va remplacer la prévision d'une fréquence par la loi de probabilité de cette fréquence. Du coup, on est obligé d'avoir recours, au-delà du raisonnement probabiliste bien connu des lycéens, à quelques équations un petit peu plus subtiles, qui sont les équations de Kolmogorov. Elles permettent d'étudier l'évolution de la répartition de probabilité en fonction du temps et en fonction des différents facteurs (les principaux facteurs étant, d'ailleurs, l'effectif, qui régit la rapidité de la dérive, et la sélection naturelle, qui gouverne la pression qu'exerce le milieu sur l'évolution de ce patrimoine).

Donc, la pression de l'environnement existe toujours, mais peut-être de façon moins déterminante qu'on ne l'imaginait précédemment.

En fait, il faut tenir compte aussi bien de phénomènes aléatoires que de phénomènes déterminés. C'est cela que, peu à peu, l'on essaye de préciser. Actuellement, je dirais que les phénomènes aléatoires sont beaucoup plus importants que les phénomènes déterminés. Ce qui arrive n'est pas ce qui *devait* arriver. Il arrive un des *possibles*, et l'on retombe à nouveau sur une vision « pascalienne » de l'avenir. Ce qui sera était possible, mais n'était pas obligatoirement nécessaire.

Même quand on est béotien, on imagine assez facilement qu'un très grand nombre de facteurs vont intervenir dans la distribution aléatoire des « accouplements » de gènes, si j'ose dire. Par conséquent, la prévision doit être presque aussi difficile qu'une prévision météorologique.

Exactement. On va retomber sur le fameux paradoxe de Lorenz de l'impossibilité de prévoir le temps à quatre ou cinq mois parce qu'il y a trop de phénomènes enchevêtrés. Et cet enchevêtrement des causalités est, en fait, à la source de la nécessité de parler en termes probabilistes. On n'a pas besoin d'invoquer le hasard. Il faut comprendre que le déterminisme le plus pur peut aboutir à l'impossibilité de prévoir. Alors, plutôt que de s'interroger sur l'existence – car c'est une question ontologique – ou non du hasard dans le processus, on doit constater que, dans les faits, on est incapable, définitivement incapable, de prévoir. Quand un phénomène est imprévisible, la seule façon de le traiter, de le modéliser, c'est d'introduire le raisonnement probabiliste. Mais parler imprévisibilité ne veut pas dire que l'on échappe à la nécessité. Je crois que Jacques Monod nous a rendu un très mauvais service en donnant l'impression, à la suite de Démocrite, qu'il y avait soit le hasard, soit la nécessité, et que tout dépendait d'eux. Ce service est d'autant plus mauvais qu'il a donné l'image d'un hasard tel un petit dieu grec. Vous savez, au temps des Grecs, chaque fois qu'un événement se produisait, on n'avait pas tellement à se poser la question de savoir pourquoi il s'était produit, on avait toujours la réponse : un dieu *ad hoc* avait fait cela. Il y a la tempête, eh bien, c'est que Poséidon est en colère. Il y a la foudre qui tombe sur un arbre, eh bien, c'est que Zeus s'est mis en colère. Avec des réponses aussi rapides, aussi faciles, on ne fait guère avancer la science. Et, de fait, les Grecs n'ont pas tellement fait avancer la science, en tout cas pas la science physique. Ils ont surtout brillé en géométrie ou en logique, mais pas dans la compréhension du monde réel. Dans tous les discours où l'on introduit le mot « hasard », on traite un peu ce hasard comme un petit dieu grec. On imagine finalement que, dans la nature, il y a deux personnages : le déterminisme qui fait bien les choses, rigoureusement, qui, connaissant le présent, en déduit l'avenir de façon absolue. Et puis il y aurait un second personnage, qui viendrait mettre les pieds dans le plat, mettre un peu de désordre là où l'autre avait mis de l'ordre. Je crois que c'est faux, car il faut bien comprendre que le déterminisme aboutit aussi à l'imprévisibilité. Je l'ai compris le jour où j'ai enfin pénétré le travail de Poincaré sur le problème des trois corps. Si, dans l'espace, il y avait le Soleil et la Terre, isolés de toute autre influence, on connaît le résultat : la gravitation universelle fait que la Terre tourne autour en décrivant une ellipse dont l'un des foyers est le Soleil. Cette ellipse est définitive : dans un million d'années, ce sera toujours la même ellipse. Mais Poincaré s'est posé un autre problème : en fait, il n'y a pas deux corps, la Terre et le Soleil, mais il y en a au moins trois pour commencer – la Terre, le Soleil et la Lune. Donc, trois attractions : la Terre et le Soleil, le Soleil et la Lune, la Lune et la Terre. A sa grande surprise, il s'est aperçu que les équations qu'il avait écrites – qui sont les équations de Newton, bien classiques – n'ont pas de solution fiable. Autrement dit, il ne pouvait pas prévoir la position de la Terre ou de la Lune dans 2 milliards d'années. Ce n'est pas possible parce que ces équations ne sont pas « intégrables ». Il n'est même pas sûr que la configuration actuelle, où il y a le Soleil à cet endroit, la Terre ailleurs et la Lune à côté, revienne jamais. Peut-être que ce n'est pas cyclique. On n'en sait rien. On ne peut même pas démontrer que c'est cyclique. Si bien qu'il y a une imprévisibilité fondamentale simplement parce qu'il y a enchevêtrement de trois attractions gravitationnelles. Seulement trois. Comme, dans la réalité, il y en a beaucoup plus, avec Mars, Vénus, etc., c'est décidément imprévisible. on ne peut éviter ce constat, l'imprévisibilité est le résultat de l'enchevêtrement de quelques déterminismes. On peut alors se poser la question de savoir si c'est déterminé ou pas. Je dirai que ce n'est pas une question scientifique. La science ne s'intéresse pas au « pourquoi ». La science s'intéresse au « comment ». Et, quand on dit : « Pourquoi une chose est-elle imprévisible ? », on pose une question métaphysique et non physique. La question de l'existence du hasard est une question ontologique. Dans un discours scientifique, on devrait éviter ce genre de dérapage et, du coup, éliminer le mot « hasard ». C'est vrai en particulier dans le phénomène de la procréation. Bien sûr, chacun de mes gènes a une chance sur deux d'être transmis à tel spermatozoïde, donc à tel enfant qui sera fait avec. Mais ce « une chance sur deux » est un constat global. Y a-t-il des déterminismes fondamentaux à l'intérieur ? Vont-ils jusqu'à choisir gène par gène ? Je ne le crois pas, mais, au fond, je n'ai pas à me poser la question. Ainsi, je suis en présence d'un monde probablement mené en partie par le déterminisme. Peut-être y a-t-il une partie non déterminée, cela m'est égal. Moi, ce que j'ai à faire, c'est écrire des modèles où, grâce aux probabilités, je ne me pose plus ce genre de questions.

> Il me semble, à vous entendre, qu'il doit y avoir des similitudes entre, par exemple, l'approche de la génétique des populations et les travaux sur la turbulence.

C'est assez voisin, effectivement. On est acculé à essayer de prévoir en fonction de la réalité du présent. Or cette réalité n'est jamais connue avec une précision suffisante. Heureusement, on dispose maintenant, avec les ordinateurs, d'un moyen de travail complètement différent. Au lieu de chercher à résoudre des équations ou même à les poser, on fait une simili-expérience. On remplace, par exemple, une population réelle d'hommes et de femmes par des codes dans un ordinateur. Au lieu de mettre deux cents personnes sur une île et de revenir quelques dizaines de générations plus tard pour voir comment leur patrimoine génétique a évolué, on codifie ces personnes ; on met deux cents codes dans un ordinateur ; à chacun de ces codes on attribue tel ou tel gène, à nouveau sous forme de codes ; on donne des règles pour leur comportement sexuel, leur comportement procréateur ; on tire au sort les gènes qui vont être transmis. On peut, comme ceci, en quelques minutes, réaliser une expérience qui représente des dizaines ou des centaines de générations. Et puis, surtout, on peut recommencer plusieurs fois. L'apport essentiel de ce genre de recherches, c'est de constater qu'en partant du même état, de la même réalité, en ayant les mêmes règles pour choisir son conjoint, par exemple, les résultats peuvent être très différents. Partant du même point, ou presque, on peut atteindre des points d'arrivée complètement dispersés. La leçon la plus importante que l'on retire de ce genre de simulations, c'est justement la variance du résultat en fonction d'un point de départ donné. Du coup, bien sûr, on ne peut parler de résultats à venir qu'en probabilités. Mais il faut voir aussi que, si l'on ne peut plus prévoir demain, on ne peut pas non plus reconstituer hier. Ceci amène probablement à ne plus avoir les mêmes prétentions que celles de la science d'il y a un siècle. Elle prétendait, à partir d'aujourd'hui, reconstituer le passé. Cela est impossible. En effet, les processus aléatoires empêchent de définir demain à partir d'aujourd'hui, mais ils empêchent tout autant de reconstituer hier à partir d'aujourd'hui. Définitivement, nous devrons nous contenter d'un certain nombre de données qui restent du passé, mais elles sont bien parcellaires, bien insuffisantes.

> Alors, où en arrive-t-on aujourd'hui ? Que reste-t-il des convictions d'hier ?

Quelques idées-forces essentielles. En ce qui concerne la génétique, celle que les patrimoines de toutes les espèces actuellement sur la Terre résultent d'une différenciation à partir d'un patrimoine commun. Toutes les espèces sont plus ou moins cousines, et on peut, justement, en regardant leurs similitudes actuelles, se demander : « Depuis combien de temps ont-elles divergé ? » et, peu à peu, reconstituer l'arbre de la divergence des espèces. On s'aperçoit alors que, très probablement, les chimpanzés et les hommes, par exemple, sont deux espèces très voisines, que l'orang-outan est un petit peu plus loin. Cela ne veut pas dire, bien sûr, que l'homme descend du singe, mais que l'homme et le singe ont des ancêtres communs. On peut remonter comme ceci et s'apercevoir que les truites ou les marguerites sont des cousins à nous.

> C'est un petit peu troublant, tout cela : on ne connaît pas très bien aujourd'hui, on ne peut pas vraiment prévoir demain, on ne sait pas non plus exactement ce qu'était hier. En d'autres termes, on est en train de découvrir que nous ne savons rien.

On est en train de découvrir, que ce soit en physique, en génétique ou ailleurs, que demain n'est pas compris dans aujourd'hui. Finalement, même les physiciens nous disent que la réalité de demain n'est pas incluse dans la réalité d'aujourd'hui. Il y a une indécision fondamentale du réel. Je dirais qu'au fond c'est une bonne chose, puisque ça permet de ne pas insérer toute la réalité et toute son histoire dans des lois trop rigoureuses. Il y a des possibilités d'action.

Une autre idée s'infère de ce qui précède : si on a du mal à reconstituer hier, cela veut dire que ce que nous sommes devenus aurait pu être complètement différent.

Certainement. On a spontanément le réflexe, en voyant qu'une chose se produit, de dire qu'elle devait se produire. Par exemple, le patrimoine génétique d'il y a, disons, 100 millions d'années *devait* aboutir à l'homme. Je n'y crois pas du tout. Je crois que l'homme est arrivé comme une autre espèce aurait pu arriver. L'homme est le produit, tout simplement, de quelques accidents. L'accident essentiel, c'est de nous avoir fait un cerveau trop gros, et ce cerveau trop gros est devenu la chance de l'homme. Nous avons pris le relais. Je crois que le généticien des populations humaines que je suis est obligé d'évoquer cela : en ce qui concerne notre évolution, il n'y a pas eu seulement la nécessité et l'aléatoire, il y a eu aussi nous-mêmes. Si bien qu'à la fameuse dialectique hasard et nécessité il manque un terme. Ce terme, c'est nous-mêmes prenant en main notre propre destin. Ce qu'a fait l'homme en prenant le relais de la nature. La nature a fait *Homo* comme elle a fait toutes les espèces de chimpanzés ou de petits pois, elle ne l'a pas fait exprès, elle a fait ça comme ça, c'était possible. Mais il se trouve que *Homo*, lui, s'est posé des questions. *Homo* pense à demain, donc *Homo* est capable de prendre demain en charge. La véritable évolution de l'homme, ce n'est plus l'évolution selon les lois ou les imprévisibilités de la nature, c'est une évolution en fonction de la volonté humaine. D'où la nécessité de savoir ce que l'on veut.

Oui, mais savoir ce que l'on veut avec des instruments qui ne permettent pas une prévision à très long terme, c'est se mettre devant un problème relativement angoissant. J'espère que, cela dit, il y a des prévisions à court terme qui peuvent rendre service.

Je crois que ce serait illusoire de faire une prévision à long terme pour l'avenir de l'humanité. Mais on a déjà tellement à faire pour les prévisions à court terme... Ce qui est sûr, c'est que l'humanité dans laquelle vivront nos petits-enfants, c'est à nous d'en décider. Et cela, c'est prévisible. En tout cas, il y a des sottises à ne pas faire. Cela me semble bien suffisant comme problème. Et puis, eux, ils en feront autant et prévoiront l'humanité de leurs petits-enfants à eux, et, de proche en proche, il n'y a pas de raison que cela diverge si, en permanence, on est vigilant. La véritable leçon, c'est vrai, de cette réflexion, c'est que demain, probablement pas après-demain, mais demain est entre mes mains. J'ai donc à le choisir. J'ai donc à faire le nécessaire pour obtenir ce que j'ai choisi.

C'est une liberté relative.

Vous venez de prononcer le mot essentiel. Je crois que ce que nous apporte la vision scientifique de cette fin de siècle, c'est que demain n'existe pas et que, par conséquent, puisque nous savons que demain existera, nous pouvons intervenir. Et c'est ça la liberté. L'univers qui m'entoure me laisse un espace de liberté. Mais cet espace de liberté est vide. C'est à moi de le remplir. C'est faisable. C'est faisable surtout collectivement, car les hommes peuvent se donner des pouvoirs, mais ils ne peuvent le faire que collectivement. Nous avons chacun en charge la collectivité de demain.

> Juste pour conclure, ce n'est plus le scientifique que j'interroge, mais Albert Jacquard lui-même, le statut du hasard au travers de l'expérience du mathématicien et du scientifique ?

C'est un statut que je voudrais finalement voir disparaître. J'espère qu'on va tuer une seconde fois le hasard. Le hasard était mort au XVIIIe siècle grâce aux Lumières. Laplace, par exemple, imaginait qu'un esprit qui connaîtrait tout du monde aurait devant lui aussi bien l'avenir que le passé ou le présent. Autrement dit, on imaginait un monde totalement prévisible comme une horloge suisse. Eh bien, aujourd'hui, on peut dire qu'on a tué une seconde fois le hasard non pas en disant que le monde est prévisible, mais en disant que l'on n'a pas besoin de ce petit dieu facétieux totalement inutile pour justifier l'imprévisibilité. Oui, demain est imprévisible, mais moi je sais qu'il existera, cela me suffit bien.

Boltzmann et trois dégradations obtenues grâce à un logiciel introduisant des degrés croissants de désordre (ces dégradations ont été effectuées au laboratoire du CIMA). Voir, page 54, le même processus appliqué à une photographie de Sigmund Freud et, page 208, à une photographie du buste d'Aristote.

11. Hasard et physique statistique

Entretien avec Bernard Diu, professeur à l'université Paris-VII.

ÉMILE NOËL : Vous êtes le premier à intervenir dans le cadre de ce qu'on appelle les « sciences de la nature », ou encore les sciences « dures ». Que vient faire le hasard dans les sciences dures ? Nous allons essayer de commencer à répondre à cette question dans votre domaine, la physique statistique. Parlez-nous d'abord de la physique statistique, de son champ, de ses méthodes.

BERNARD DIU : La physique statistique s'intéresse à l'ensemble des phénomènes susceptibles d'être traités par une théorie qui s'appelle la « mécanique statistique ». C'est donc essentiellement de la mécanique statistique que je vais parler. Elle a été initiée, inventée, en 1872, par un physicien autrichien trop mal connu qui s'appelle Boltzmann. Au début, elle a donné lieu à des controverses extrêmement dures, mais elle est maintenant parfaitement établie et reconnue.

L'équation de Boltzmann est célèbre.

Oui, mais pas dans le grand public. Prenons un système que l'on qualifie de « macroscopique » – un échantillon de gaz, de liquide ou de solide ayant un volume de l'ordre du litre. C'est un système macroscopique. Nous savons à l'heure actuelle – et c'était l'objet des controverses à l'époque de Boltzmann – qu'il est constitué de particules microscopiques, c'est-à-dire de molécules, d'atomes, d'ions, d'électrons, suivant les cas. La mécanique statistique a pour but de comprendre les propriétés de tels systèmes à partir du comportement et des propriétés de leurs constituants microscopiques. Il faut commencer par noter que le passage du microscopique au macroscopique fait intervenir des nombres extraordinairement grands. Le nombre typique, c'est le nombre d'Avogadro qui vaut $6.\ 10^{23}$; pour être plus concret, dans cette pièce, à la température ordinaire, à la pression ordinaire, dans un millimètre cube d'air, il n'y a pas moins de $3.\ 10^{16}$ molécules, c'est-à-dire un nombre de molécules qui s'écrit avec 3 et 16 zéros. Bien entendu, il est hors de question d'essayer de suivre en détail le mouvement de toutes ces molécules. Ce serait totalement impossible, même avec les ordinateurs les plus performants. C'est le premier point. En contraste, que cherche-t-on à connaître sur cet échantillon de gaz ? On cherche à connaître sa pression, son volume, sa température, sa viscosité, son indice de réfraction… Vous voyez, même en faisant preuve d'imagination… on n'arrive qu'à un assez petit nombre de quantités dont on veut connaître la valeur à l'échelle macroscopique.

> On n'est pas tellement curieux du comportement de chacune des particules, ce qui intéresse, c'est comment tout le système va évoluer.

Voilà. C'est la deuxième caractéristique de la mécanique statistique. On va être obligé de perdre une énorme quantité d'information en passant du microscopique au macroscopique. Seule une infime partie de l'information qui est contenue dans le mouvement de ce nombre énorme de particules va nous intéresser au niveau macroscopique. Le dernier point, qui n'est pas du tout évident *a priori*, c'est que ce passage du microscopique au macroscopique est, comme nous le disons dans notre jargon, hautement « non trivial » : si vous regardez les équations microscopiques, vous ne voyez pas immédiatement de façon claire et évidente comment ces équations vont pouvoir expliquer les propriétés des systèmes macroscopiques. On peut prendre deux exemples. Les molécules dont je parlais tout à l'heure, dans le millimètre cube d'air, se déplacent à des vitesses qui sont de l'ordre de 500 mètres par seconde, c'est-à-dire 1 800 kilomètres par heure ; évidemment, on ne s'en aperçoit pas. Inversement, on voit mal comment les équations microscopiques, comment le mouvement des particules va pouvoir expliquer le passage, la transition entre gaz et liquide, comment un gaz devient liquide ; ce sont les mêmes molécules, avec les mêmes interactions ; comment expliquer cela ? De même, comment expliquer le fonctionnement d'une machine à vapeur (qui peut être une centrale nucléaire, il ne s'agit pas forcément du XIXe siècle...) ? Ce passage est non trivial dans ce sens-là. Pourquoi appelle-t-on cela « mécanique statistique » ? « Mécanique » parce que l'ingrédient de base va être l'étude du mouvement des particules microscopiques, et « statistique » parce qu'on va traiter ces particules à l'aide des probabilités.

La thermodynamique est un exemple type de traitement statistique.

Elle en découle. La mécanique statistique est venue fonder la thermodynamique sur des réalités physiques plus fondamentales. La thermodynamique a été l'une des grandes théories physiques du XIXe siècle. Elle est partie de l'étude de ce que Sadi Carnot appelait la « puissance motrice du feu » : il s'agissait de savoir dans quelles conditions on pouvait transformer de la chaleur en travail mécanique. Curieusement, ce but technologique a débouché sur une théorie extrêmement élaborée et abstraite qui reposait sur deux concepts fondamentaux : le concept d'énergie, qui ne pose pas de problèmes cruciaux, et le concept d'entropie, qui a été introduit par Clausius en 1850.

Et c'est la mesure de l'entropie qui est l'une des préoccupations principales de la mécanique statistique ?

Exactement. C'est sur l'entropie que Boltzmann a eu son idée géniale : il a trouvé ce que l'on appelle la formule de Boltzmann, qui est inscrite sur sa tombe. Je vais essayer de vous expliquer ce qu'est cette formule, mais avant je voudrais vous indiquer que l'entropie, au niveau thermodynamique, a gardé pendant longtemps un caractère mystérieux. On ne comprenait pas très bien la nature physique de l'entropie. L'entropie permet, en particulier, de traduire sous forme d'une inégalité – l'inégalité de Clausius – l'irréversibilité des phénomènes macroscopiques. On aura sans doute l'occasion d'y revenir. Je prends un exemple très simple que l'on appelle la détente de Joule (Joule était un physicien anglais). Vous avez un récipient séparé en deux compartiments par une cloison. Dans un des compartiments, il y a un gaz, tandis que l'autre compartiment est vide. Vous ouvrez la cloison. Le gaz va envahir le compartiment vide et se répandre dans l'ensemble du récipient. C'est ce que l'on appelle la détente de Joule. Si le récipient est isolé, l'énergie du gaz ne va pas varier, mais son entropie va augmenter. Or ce phénomène est typiquement irréversible : l'expérience montre que jamais spontanément le gaz ne va revenir, de l'ensemble du récipient, dans le compartiment où il était initialement.

> Dire que l'entropie a augmenté, en expliquant « avec les mains », c'est dire quoi ? Que les molécules vont moins vite ?

Dans le cadre de la thermodynamique – conséquence de ce que l'on appelle le second principe –, le gaz est isolé ; il n'échange en particulier aucune chaleur avec l'extérieur, et l'inégalité de Clausius dit qu'à ce moment-là son entropie ne peut qu'augmenter. Là-dessus arrive Boltzmann, qui va donner une interprétation de type microscopique à un moment, je vous le rappelle, où l'existence des molécules n'était pas admise par tout le monde. Boltzmann raisonne de la façon suivante : lorsque vous prenez un gaz, un liquide ou un solide, vous prenez un état macroscopique donné de ce corps macroscopique. A cet état macroscopique sont associés un très grand nombre d'états microscopiques, c'est-à-dire d'états des constituants microscopiques. Par exemple, vous comprenez bien que, si je fixe une énergie d'ordre macroscopique – quelques joules –, il va y avoir un très grand nombre de possibilités de répartir cette énergie entre les constituants microscopiques de ce corps macroscopique. Boltzmann a dit la chose suivante : comptons le nombre (que généralement on note W) total des états microscopiques qui sont compatibles avec un état macroscopique donné (pour un système isolé, on appelle ça les états microscopiques *accessibles* au système). Je considère donc ce nombre total d'états microscopiques accessibles au système, j'en prends le logarithme, et l'entropie thermodynamique, dit Boltzmann, est proportionnelle au logarithme du nombre d'états microscopiques accessibles au système. C'est la fameuse formule S = k Log W, où S est l'entropie et k la constante de Boltzmann. C'est la formule fondatrice de la mécanique statistique, la formule fondamentale. Et, par exemple, pour la détente de Joule dont je parlais tout à l'heure, on comprend un peu mieux que l'entropie augmente ; en effet, vous vous trouvez avec un gaz dans lequel les états microscopiques qui lui étaient accessibles dans son état initial (lorsqu'il était dans un seul compartiment) restent accessibles quand la cloison est ouverte ; rien ne l'empêche de rester dans le compartiment où il était (on peut se poser la question de savoir pourquoi il n'y reste pas, mais cela, c'est un autre problème). Mais le fait d'ouvrir la cloison rend accessibles de nouveaux états microscopiques. Le nombre d'états microscopiques croît dans le processus, donc son logarithme, qui est une fonction croissante, croît ; l'entropie croît. Voilà pour la formule de Boltzmann.

Comment peut-on visualiser cela ?

Ce qui est très étonnant dans cette formule, c'est que tous les états microscopiques accessibles compatibles avec un état macroscopique donné interviennent alors qu'on s'attendrait, sans doute, à ce que le système se trouve dans un de ces états microscopiques possibles (sans que l'on sache lequel parce qu'on ne peut pas vraiment les regarder). Mais, à travers leur nombre, tous les états microscopiques interviennent. Pourquoi ? Boltzmann lui-même a trouvé la réponse : c'est que les divers états microscopiques accessibles ont des probabilités. A l'heure actuelle, la formulation disons « moderne » de la mécanique statistique part du postulat fondamental suivant : pour un système isolé, tous les états microscopiques accessibles sont également probables. Voilà donc la notion de probabilité qui arrive. Cette interprétation peut être précisée dans le cadre de la théorie de l'information qui a été développée dans les années 1940-1950 où l'on a généralisé la notion d'entropie. J'ai dit pour commencer que seule une partie infime de l'information contenue au niveau microscopique nous intéresse, et vous voyez donc là que, dans la mécanique statistique, les probabilités et l'information sont liées.

Cette augmentation de l'entropie – prenons l'exemple de la détente de Joule –, à quoi correspond-elle de façon sensible ? Y a-t-il un rapport entre entropie et température ?

Vous posez là une question difficile. L'entropie avait une nature assez mystérieuse avant que Boltzmann ne lui donne cette interprétation que j'ai essayé de vous présenter. L'entropie est, déjà en thermodynamique, liée à l'irréversibilité. Donc, le fait que l'entropie augmente dans la détente de Joule est directement relié au fait que cette détente ne se produit jamais spontanément en sens inverse. Jamais le gaz ne va revenir spontanément dans le récipient initial. L'apport fondamental de Boltzmann a été de donner à l'entropie une signification physique beaucoup plus profonde en disant que l'entropie est le logarithme du nombre des possibilités qui sont offertes au gaz. Dans la détente de Joule, on voit bien que le nombre de possibilités offertes dans l'état final est beaucoup plus grand que dans l'état initial. C'est cela la nature profonde de l'entropie, en tout cas pour un système isolé. Elle est liée à la nature probabiliste de cette description de la réalité du gaz. Mais pourquoi les probabilités interviennent-elles ici ? Quand vous jouez à pile ou face, cela peut se traiter par les probabilités parce que vous pouvez répéter un très grand nombre de fois la même expérience. Vous pouvez lancer un dé un très grand nombre de fois, vous regardez le nombre de fois où le chiffre 6 sort, vous divisez par le nombre total d'expériences et cela vous donne la probabilité pour que le 6 sorte. En physique statistique, on définit les probabilités de la même façon – c'est Gibbs qui a proposé cette définition –, à partir d'ensembles statistiques : on suppose que l'on a un très grand nombre de systèmes, tous préparés de la même façon, et on définit les probabilités de cette manière. Mais la caractéristique de la physique statistique, c'est qu'on n'a pas accès à cet ensemble statistique, on a un système et un seul dont on veut trouver les propriétés. Cela nous est complètement égal de savoir que si on prenait cent millions de systèmes ils se comporteraient en moyenne comme ceci ou comme cela. Ce qu'on veut, c'est savoir comment *le* système que nous avons se comporte. Là, c'est l'interprétation physique des probabilités qui est en jeu ; il y a deux attitudes possibles : l'attitude subjective et l'attitude objective. Certains pensent que ces probabilités ne sont pas une propriété du système, mais une propriété de la façon dont l'observateur regarde le système. Ce qui voudrait dire que l'entropie, directement liée à ces probabilités, n'est pas une propriété objective du système, mais une propriété de la façon dont l'observateur regarde le système. Les autres – dont je suis – se tiennent à une interprétation objective où les probabilités sont des propriétés intrinsèques au système de la façon suivante (c'est ce qu'on appelle le principe ergodique) : le système parcourt au cours du temps, à une cadence très rapide, tous les états accessibles qui lui sont permis. Le fait que nous manquons d'information vient de ce que nous observons ce système sur des laps de temps qui sont longs devant ces sauts répétés et multiples entre les divers états microscopiques. C'est donc ainsi que les probabilités deviennent objectives, à travers ce principe ergodique : l'entropie mesure le manque d'information qui est dû au fait que nous ne sommes pas capables de voir ces sauts du système entre les différents états microscopiques.

Cette mesure permet tout de même la prédiction ?

Absolument. Ce qui joue en faveur de la mécanique statistique, précisément, je le disais au début, ce sont ces nombres extraordinairement grands. La loi des grands nombres permet une description probabiliste pratiquement certaine. La fluctuation, autour des prédictions moyennes que donne la probabilité, est extrêmement faible pour un système macroscopique.

> Ce qu'il est tout à fait impossible de prévoir pour une particule isolée devient, pour des milliards et des milliards de particules, plus facilement prévisible, à considérer le système global...

Voilà. C'est le comportement moyen de ces milliards de particules... Si vous voulez, dans le millimètre cube d'air que je prenais tout à l'heure, les molécules vont à des vitesses considérables, mais il y a pratiquement autant de molécules qui quittent le millimètre cube pendant un temps donné que de molécules qui reviennent dans ce millimètre cube, ce qui fait que la densité de l'air reste constante.

> Tout à l'heure, je vous posais une question sur le rapport de l'entropie avec la chaleur. Il y a un autre rapprochement fréquemment fait, c'est le rapprochement entre entropie et désordre. Ce rapprochement est-il convenable ?

Je vais vous répondre de façon un peu ambiguë. De fait, les physiciens parlent souvent de l'entropie comme d'une mesure du désordre. Personnellement, je n'aime pas beaucoup cette expression, parce que le désordre évoque le désordre dans une chambre, et l'entropie d'une pièce désordonnée est infiniment proche de l'entropie d'une pièce ordonnée. Mais, effectivement, l'une des façons d'exprimer l'entropie, c'est de dire que c'est une mesure du désordre, parce que, si le système a un nombre d'états microscopiques beaucoup plus grand entre lesquels il peut choisir, on peut dire qu'il est plus désordonné que quand il n'a que très peu d'états microscopiques. Si vous allez à la limite, vers la température nulle, vers le zéro absolu, à ce moment-là, le nombre d'états microscopiques possibles pour le système se restreint énormément, et l'entropie tend vers zéro. Effectivement, à ce moment-là, le système va se trouver sous forme d'un cristal avec les molécules ou les ions à des sites bien déterminés.

> On a parlé d'un rapport qui existait également entre l'entropie et l'irréversibilité. Je pense que c'est essentiellement lié au système macroscopique parce que, d'un point de vue microscopique, cela ne se présente certainement pas comme cela ?

Pas du tout. En effet, c'est l'un des problèmes fondamentaux de la mécanique statistique que ce problème de la réversibilité microscopique et de l'irréversibilité macroscopique. Je m'explique. Les lois qui régissent le mouvement des particules microscopiques sont réversibles : imaginez que vous preniez un certain nombre de molécules – grand ou petit, cela n'a pas d'importance. Vous les placez dans une certaine situation et vous les laissez évoluer au cours du temps selon les lois de la mécanique. Au bout d'un certain temps, vous arrêtez cette évolution et vous changez de sens, vous inversez la vitesse de toutes les molécules. Vous les laissez de nouveau évoluer selon les lois de la mécanique. Ces lois sont telles que les molécules vont gentiment revenir, au bout d'un temps égal au précédent, dans leur situation initiale. Or, dans la détente de Joule dont on a parlé tout à l'heure, jamais le gaz ne revient spontanément dans son état initial, donc la détente de Joule est un phénomène macroscopique irréversible. Le problème fondamental est de savoir comment il se fait que (je disais tout à l'heure que le passage du microscopique au macroscopique est hautement non trivial !) des lois microscopiques réversibles peuvent conduire à des comportements irréversibles au niveau macroscopique. Cela est lié à l'intervention des probabilités. Les lois microscopiques sont réversibles et parfaitement déterministes – c'est-à-dire qu'elles ne font pas intervenir de probabilités –, et le comportement des systèmes macroscopiques est irréversible et stochastique, parce que des probabilités y interviennent. La réponse à la question n'est pas totalement élucidée à l'heure actuelle. Il y a là aussi quelques controverses qui portent sur la présentation et sur l'interprétation, mais pas sur le fond, sur les applications de la mécanique statistique.

> Vous faites allusion, dans le domaine du comportement microscopique, au fait que l'on inverse la vitesse des particules. Cela, c'est une conception théorique, ce n'est pratiquement pas réalisable dans la réalité.

Effectivement. C'est l'un des points cruciaux : les équations du mouvement microscopique sont extrêmement sensibles à de toutes petites modifications, imperceptibles par ailleurs, dans les conditions du mouvement. Donc, pour que les molécules que j'ai décrites tout à l'heure reviennent vraiment dans la situation initiale, il faudrait inverser leur vitesse avec une précision qui est totalement hors de portée des physiciens.

Il faudrait un petit génie du genre du démon de Maxwell pour réaliser cela ?

Quelque chose comme cela, oui. Un mathématicien peut réussir cela sur les équations, mais un physicien ne peut pas faire cela. Alors, on peut se demander si la description mathématique la plus simple est adéquate, à ce degré de précision. C'est sans doute parce qu'elle n'est pas adéquate que l'on peut passer de la réversibilité microscopique à l'irréversibilité macroscopique.

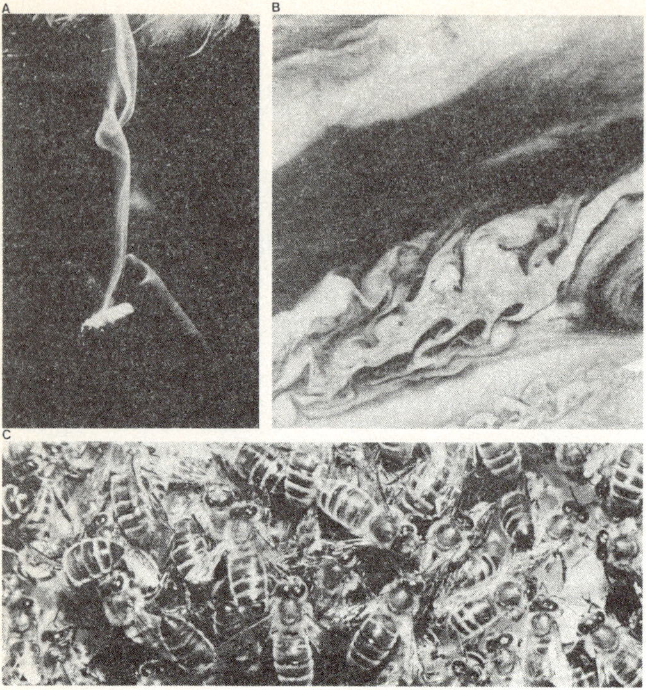

La fumée qui s'élève d'une cigarette (A), l'atmosphère de Jupiter (B), les populations d'insectes (C), trois exemples, parmi tant d'autres, de systèmes dont l'évolution au cours du temps présente des oscillations qui peuvent être décrites par la théorie mathématique des attracteurs étranges.

12. Hasard et chaos

Entretien avec David Ruelle, professeur à l'Institut des hautes études scientifiques, membre de l'Académie des sciences.

ÉMILE NOËL : Quels sont les rapports du hasard et du chaos ? Quelqu'un qui étudie le chaos travaille-t-il à débusquer le hasard ou à le calculer ? Mais peut-être faudrait-il d'abord préciser ce qu'on entend par « chaos ».

DAVID RUELLE : Très brièvement, le chaos, c'est simplement le fait que de petites causes peuvent avoir de grands effets.

Cela, on le sait depuis un certain temps, mais je présume que si l'on fait encore des études – et, actuellement, on parle beaucoup des études sur le chaos –, c'est qu'il y a eu du nouveau, qu'on est peut-être à la veille de trouver des choses encore plus importantes…

Oui. Cela s'est fait de manière progressive : on s'est d'abord rendu compte que ce phénomène « petite cause-grands effets » pouvait se produire non seulement dans des situations particulières, mais d'une manière très générale, c'est-à-dire qu'il existe des évolutions dans le temps pour lesquelles, quel que soit le point de départ, une petite perturbation peut avoir des conséquences considérables quand on attend suffisamment. Cela a été réalisé mathématiquement par Jacques Hadamard, à la fin du siècle dernier, et bien compris par Henri Poincaré. Plus récemment, on a acquis une compréhension quantitative meilleure de ce problème de la dépendance sensitive des conditions initiales, et c'est cela que l'on appelle la « théorie du chaos ».

> Pour l'opinion commune, le chaos, c'est quelque chose qui n'a pas de sens, pas de limite, et aucun ordre. Or vous dites qu'il y a une forme d'ordre qu'on est en train d'essayer d'élucider. « A petite cause grands effets », comme il peut y avoir plusieurs petites causes qui interfèrent, c'est de la complexité qu'il s'agit.

Je crois que le plus simple est de prendre un exemple et de voir ce que la théorie du chaos peut faire. Prenons les prévisions météorologiques. On essaye de faire des prévisions météorologiques, et tout le monde sait que ces prévisions ne sont pas toujours très correctes. On s'est donc penché sur le problème. On a essayé de comprendre pourquoi il était si difficile de faire des prévisions météorologiques correctes. Poincaré déjà s'est posé la question et a donné la réponse : c'est simplement que l'on ne connaît pas l'état initial de l'atmosphère avec une très grande précision. Or, si l'on a une situation où de petites causes ou de petites incertitudes sur la condition initiale ont de grands effets, au bout d'un certain temps, au bout de quelques jours, on ne sait plus du tout où l'on en est. Cela, c'est la compréhension qu'avait Poincaré du problème des prévisions météorologiques.

Plus récemment, on est parvenu à une compréhension beaucoup plus quantitative de ce problème en termes de ce que l'on appelle la « circulation générale de l'atmosphère ». On met les équations d'évolution de l'atmosphère sur ordinateur et on se rend compte, en intégrant ces équations, que, si on change un tout petit peu les conditions initiales, les prévisions deviennent de plus en plus incertaines dans le futur. Quelle est la limite des prévisions possibles ? Eh bien, elle est de l'ordre d'une ou deux semaines. On ne peut pas faire mieux.

> Vous parlez d'une petite fluctuation. Quelle est la dimension de cette fluctuation minimale ? Il semble que ce soit quelque chose de tout à fait ténu.

Effectivement. C'est un domaine où il est difficile d'avoir une précision réellement mathématique, étant donné que les théories qui interviennent ne sont pas absolument certaines, mais il paraît assez raisonnable qu'au bout de deux semaines un changement de conditions initiales incroyablement ténu affectera le temps. Quand je dis « incroyablement ténu », on peut mentionner, par exemple, l'effet gravitationnel qu'aurait un électron à 10^{10} années-lumière de distance ! C'est quelque chose dont on ne peut absolument pas tenir compte dans les calculs parce qu'il y a beaucoup trop d'électrons à 10^{10} années-lumière de distance. Donc, si l'effet d'un tel électron se fait sentir au bout de deux semaines sur l'évolution du temps, cela veut dire qu'on ne peut absolument pas savoir quel sera le temps dans deux semaines.

> Ces deux semaines que vous dites sont comme une limite absolue. On ne peut guère espérer progresser beaucoup dans ce domaine ?

Non. Pour l'instant, on est aux environs de cinq jours, et, cela, on peut espérer l'améliorer un petit peu en faisant des mesures plus précises, en ayant de meilleurs programmes d'ordinateur, mais il semble bien qu'une semaine ou deux soit la limite absolue.

> On saisit assez bien le cas de la prévision météorologique. Y a-t-il d'autres exemples qui, pour être différents, rendraient encore plus évident ce que vous dites ?

Les divers domaines où l'on a appliqué la théorie du chaos sont un peu différents dans leur nature. On a trouvé des oscillations chaotiques dans des réactions chimiques, et elles ont été très bien étudiées. Le chaos joue aussi un rôle très important en turbulence hydrodynamique. La turbulence est un phénomène assez fascinant sur lequel on s'est cassé les dents depuis longtemps. On n'a pas encore, à l'heure actuelle, une théorie complète de la turbulence. C'est bien gênant parce que c'est un phénomène qui a beaucoup d'importance pratique. On sait maintenant que la turbulence est chaotique, qu'il y a donc dépendance sensitive des conditions initiales dans la turbulence hydrodynamique ; c'est certainement un progrès considérable. C'est d'ailleurs par le biais de la turbulence que je me suis d'abord intéressé au chaos. Il y a d'autres exemples. On a trouvé des exemples de chaos en mécanique céleste. En particulier, il joue un rôle assez important dans la dynamique des anneaux d'astéroïdes qui circulent entre Mars et Jupiter. C'est grâce à la considération du chaos qu'on arrive maintenant à expliquer pourquoi il y a certains trous dans ces anneaux d'astéroïdes.

Tous ces exemples sont pris dans le domaine des sciences physiques, mais des phénomènes complexes, peut-être même plus complexes, on en trouve dans le domaine des sciences de la vie, des sciences sociales. Un certain nombre de modèles portant sur la théorie du chaos ont été plus ou moins expérimentés en économie, par exemple, ou dans le domaine de l'histoire.

C'est un domaine où il faudrait, je pense, être très prudent en ne présentant pas comme de la science quantitative des considérations certainement valables, mais relevant surtout de la philosophie scientifique. Si vous voulez, on en est, pour ce qui est de l'économie, au point où en était Poincaré au début du siècle, en ce qui concerne les prévisions météorologiques. On n'a pas de théorie quantitative. A mon avis, les essais de théorie quantitative qui ont été présentés ne sont pas très convaincants. En revanche, il me paraît assez évident que, si le temps qu'il va faire ne peut pas être prédit et si la météorologie peut avoir un effet sur l'économie – ce qui me semble assez vraisemblable dans le cas de sécheresse ou de grêle, par exemple –, il en résulte que l'économie aussi est, dans une certaine mesure, imprévisible. C'est une chose intéressante à savoir. Je crois qu'il en est de même dans le domaine de l'histoire : l'évolution historique n'est pas quelque chose qui peut être prévu longtemps à l'avance avec certitude, contrairement à ce que laissent supposer certaines théories. Il est raisonnable de penser que l'on ne peut pas prédire le cours de l'histoire avec certitude. En effet, il y a des mécanismes qui introduisent automatiquement de l'instabilité dans l'évolution historique : le fait que beaucoup de décisions historiquement importantes sont prises par des individus et que ces individus ont de bonnes raisons de jouer de manière imprévisible, parce que, si l'on savait ce qu'ils vont faire, on pourrait contrecarrer leurs projets.

D'autant que l'imprévisibilité des décisions individuelles auxquelles vous faites allusion n'est pas toujours due à la seule stratégie. Certaines d'entre elles sont inconscientes.

Quoi qu'il en soit, le comportement d'un individu n'est pas facile à prédire. Il y a un mélange d'éléments prévisibles et d'autres qui ne le sont pas, et ce mélange est très difficile à clarifier. C'est en fait dans cette direction que, je l'espère, la théorie du chaos pourra faire des progrès : pour un système complexe, démêler ce qui est prévisible de ce qui ne l'est pas. Il faut bien dire qu'on n'est pas très avancé dans ce domaine.

Mais que vient faire le hasard là-dedans ou, plus exactement, comment intervient-il dans ces systèmes complexes ?

Je préfère ne pas considérer le hasard comme une partie du monde physique, mais comme une partie de sa description. Le hasard est une chose utile dans la description du monde physique, c'est-à-dire qu'il existe des théories probabilistes qui sont utiles à notre compréhension du monde. Quand j'affirme qu'en jetant un dé j'ai une chance sur six qu'il tombe avec le numéro 1 au-dessus, je sais, sans m'interroger très profondément sur la signification profonde de cette affirmation, qu'elle peut être utile quand je joue aux dés. Le problème est de savoir d'où vient ce hasard qui intervient dans des descriptions du monde physique alors que d'autres descriptions font intervenir des lois déterministes où, apparemment, le hasard n'a pas de place. Il y a là une sorte de contradiction que l'on voudrait éclairer. Le chaos permet de comprendre comment le hasard s'introduit malgré des descriptions déterministes. En fait, ce qui se passe, c'est que les descriptions d'évolution sont bien déterministes, mais on n'a jamais une connaissance parfaite de l'état initial du système et, par conséquent, au bout d'un certain temps, on ne sait plus où on en est : on a, comme on dit alors, une situation de hasard. Il faut ajouter à cela que le hasard peut s'introduire d'autres manières dans les descriptions du monde physique. il n'y a pas une seule source du hasard, qui serait le chaos ; il y en a plusieurs, dont, par exemple, la mécanique quantique.

> Mais peut-être ne s'agit-il pas du même phénomène. Peut-être devrait-on utiliser deux mots différents : le hasard du chaos est un hasard où l'approche probabiliste trouve ses limites, alors que le hasard dans la mécanique quantique semble se présenter comme « objectif », pour ne pas dire fondamental.

Je suis d'accord. Le hasard qui intervient en mécanique quantique est d'une nature plus intrinsèque, mais, d'un point de vue pragmatique, le fait qu'il y ait du hasard dans notre description du monde physique ou dans certaines autres descriptions peut être attribué à diverses sources, et le chaos en est une, comme la mécanique quantique en est une autre.

> Dans un système chaotique, il peut y avoir du hasard dû à la méconnaissance des causes initiales et du hasard de type quantique ?

Oui. Quand on parle de « chaos », on pense surtout au chaos classique – encore qu'il y ait maintenant des théories de chaos quantique aussi. En chaos classique, bien entendu, on ne fait pas intervenir les incertitudes quantiques, mais ces deux sources d'incertitudes existent.

> Tout à l'heure, vous avez marié « hasard » et « déterminisme ». On parle d'ailleurs de « chaos déterministe ». On aimerait bien avoir une petite explication qui nous permette de comprendre ce que peut être ce chaos déterministe. Pour le sens commun, il semble que ce soient deux termes strictement contradictoires.

Le plus simple est de prendre un exemple de système chaotique où l'on voit comment une petite incertitude sur la condition initiale donne, au bout d'un certain temps, une imprécision tout à fait inacceptable. Cet exemple, c'est le « billard de Sinaï ». Yasha Sinaï est un mathématicien russe qui a étudié un billard sur lequel il y a des obstacles circulaires (du genre « flipper »). On envoie une boule de billard, elle entre en collision avec un obstacle, elle touche le bord de la table, puis elle est réfléchie par un autre obstacle circulaire, etc. Supposons que l'on étudie la trajectoire de la boule de billard, puis une trajectoire très légèrement voisine. C'est-à-dire que l'angle que fait la nouvelle trajectoire avec l'ancienne est extrêmement petit. On voit ce qui se passe : la première boule – qui est la boule réelle – et la boule imaginaire suivent des trajectoires très légèrement différentes, mais on pourrait penser qu'elles ne deviendront jamais très lointaines l'une par rapport à l'autre, étant donné que les conditions initiales étaient voisines. Eh bien, quand on regarde les choses de plus près, on voit que ce n'est pas le cas. En effet, considérez l'angle que font les deux trajectoires après la réflexion sur un obstacle circulaire : cet angle devient plus grand. Disons qu'il a été multiplié par 2. Après réflexion par un nouvel obstacle, il va de nouveau être multiplié par 2. On a ainsi une succession de multiplications par 2. Quand on multiplie par 2 une fois, ça fait 2 ; deux fois, ça fait 4 ; trois fois, ça fait 8 ; dix fois, ça fait 1 024 ; vingt fois, ça fait plus de 1 million ; trente fois, ça fait plus de 1 milliard... Vous voyez que quand on est, par exemple, à soixante fois, on a un nombre qui est déjà absolument considérable. Donc, une petite différence initiale dans les directions des deux trajectoires, au bout d'un certain nombre de collisions, va donner une différence absolument énorme. A ce moment-là, on a perdu tout contrôle de la trajectoire.

> Votre exemple est assez éclairant. Bien sûr, il s'agit d'un billard théorique, c'est-à-dire un billard qui fait l'économie des frottements, de tous les phénomènes matériels. Pourtant, en faisant cette économie, on va trouver cette extraordinaire différence. En fait, c'est une exponentielle, une progression géométrique.

Oui. Cette croissance exponentielle est la caractéristique du chaos, et elle peut se trouver dans des systèmes qui sont conceptuellement assez simples. Des systèmes dont les équations sont assez simples à écrire, des polynômes du second degré, donnent lieu à des comportements chaotiques. C'est ce dont on s'est rendu compte en intégrant de tels systèmes sur ordinateur. En fait, les ordinateurs ont joué un rôle considérable dans notre compréhension du chaos parce qu'on a été forcé, en regardant les simulations numériques, de voir qu'un petit changement de condition initiale – la dernière décimale considérée – avait, au bout de peu de temps, un effet absolument énorme.

> La capacité qu'ont les ordinateurs de calculer un très grand nombre de données a permis effective-

ment de visualiser d'une façon beaucoup plus concrète les effets que vous dites.

Ces effets, qui étaient connus en théorie par des gens comme Hadamard et Poincaré il y a déjà presque cent ans, ne sont plus maintenant des curiosités mathématiques. Ce sont des choses qui jouent un rôle important dans notre vie quotidienne.

En fin de compte, avec tous ces progrès, on en revient au fait que le hasard dans le chaos reste la mesure de notre ignorance.

Dans ce sens, oui. C'est un hasard qui intervient au niveau de la description du monde physique.

A partir de ce que l'on sait aujourd'hui, a-t-on la possibilité de prévoir ce que les recherches sur le chaos risquent de donner ? Y a-t-il un avenir pour cette recherche ?

Je crois qu'il y a un avenir pour la recherche du chaos, mais je voudrais le voir de manière assez prudente. En effet, le chaos a bénéficié d'un effet de mode dont il faut se méfier. Quand la mode s'en mêle, on a tendance à voir paraître des affirmations beaucoup trop optimistes sur ce qu'une nouvelle théorie va fournir. J'ai entendu des choses invraisemblables : « Grâce au chaos, on va guérir le sida ». Dire de telles choses est totalement répréhensible du point de vue moral… Je crois qu'il faut être plus modeste. Le chaos peut avoir deux implications, l'une au niveau philosophique et l'autre au niveau quantitatif. Au niveau philosophique, le chaos a modifié notre compréhension du monde qui nous entoure ; en particulier, pour ce qui est de notre compréhension du déterminisme, le fait que le déterminisme des lois physiques n'empêche pas l'imprévisibilité de faits peut avoir un certain rôle dans notre compréhension du libre arbitre humain. Voilà pour les aspects philosophiques. Il y a aussi des aspects plus quantitatifs et concrets comme celui que j'ai mentionné au sujet des prévisions météorologiques. On peut espérer des progrès dans le futur pour l'étude d'autres problèmes concrets comme celui, par exemple, des rythmes biologiques. Mais il faut se rendre compte que ce sont là des problèmes difficiles qui doivent être étudiés avec beaucoup de sérieux, et que des affirmations prématurées ne peuvent que discréditer des théories qui sont, en principe, très intéressantes.

> C'est vrai ; jusqu'à présent, nous n'avons pas fait allusion aux sciences de la vie. Vous pensez qu'une meilleure compréhension du chaos peut être précieuse en biologie ?

Il y a, en biologie, de nombreux phénomènes rythmiques pour lesquels le chaos peut être important. De nombreuses questions se posent quand on observe de tels rythmes. Quelle est la signification de ces rythmes ? Est-ce qu'ils jouent un rôle physiologique important ou non ? Ces questions ne sont guère résolues pour l'instant. Il y a donc pas mal de pain sur la planche. Il est prématuré d'affirmer que le chaos jouera un rôle important, mais il est certain que la question se pose.

> Pour le moment, on ne saurait l'affirmer. On peut simplement émettre une hypothèse qui paraît probable.

C'est mon avis, mais je suis prudent, et peut-être que d'autres scientifiques seraient moins prudents que moi sur ce sujet.

13. Hasard et mécanique quantique

Entretien avec Jean-Marc Lévy-Leblond, professeur à l'université de Nice (laboratoire de physique théorique).

ÉMILE NOËL : Jusqu'à présent, je n'ai reçu comme réponses concernant le hasard que des remarques du genre : « Le hasard n'existe pas », « C'est une façon de parler de probabilité », « Ce n'est pas un mot adapté, je préfère "contingence" », etc. En réalité, tous vos prédécesseurs, avec des nuances, nient l'existence du hasard. Peut-être qu'avec la mécanique quantique on va enfin rencontrer le hasard. Est-ce vraiment elle qui instaure ce concept de hasard fondamental ?

JEAN-MARC LÉVY-LEBLOND : Il est effectivement possible que l'on voie à l'œuvre dans la théorie quantique une sorte de hasard fondamental qui ne pourrait pas être réduit à des mécanismes sous-jacents. Il ne s'agirait pas seulement d'une expression commode de déterminismes ignorés que l'on simulerait par des mécanismes de hasard. C'est un point de vue. Mais il faut prendre garde que, dans le cadre de la théorie quantique, comme d'ailleurs dans toute théorie scientifique, il est nécessaire de distinguer le « noyau dur » de la théorie (pour aller rapidement : ses équations) des interprétations que l'on en donne, des idées avec lesquelles nous tentons de comprendre ces équations. Toute théorie physique – et la théorie quantique ne fait pas exception – peut être comprise de différentes façons, même si, en l'occurrence, l'interprétation dominante de la théorie quantique repose effectivement sur cette idée que le hasard y serait essentiel.

> Essayons de comprendre cela. Nous, qui ne sommes pas des spécialistes, nous avons besoin de quelques idées de base pour nous permettre de mieux suivre ce que vous voulez dire.

Le plus simple est de revenir en arrière et de repartir de la situation juste avant l'avènement de la théorie quantique, c'est-à-dire à l'apogée de la physique classique. Vers la fin du XIXe siècle, la physique semblait être gouvernée par le déterminisme le plus strict, énoncé de façon canonique par Laplace. La physique classique affirme que, si nous connaissons l'état d'un système à un moment donné, nous pouvons prédire de façon absolue l'état du système à un moment ultérieur. Certes, comme l'ont montré des développements plus modernes liés à la théorie du chaos, cette prédictibilité est de pur principe et ne saurait être atteinte en pratique. Mais restons-en au niveau des principes. Avec le développement de la physique atomique, on a pris conscience que les objets à l'échelle atomique (les électrons, les protons, les noyaux) avaient un comportement finalement fort différent de celui des objets que nous pratiquons à l'échelle macroscopique. On s'est aperçu qu'il ne suffisait pas de savoir où était un objet et quelle était sa vitesse pour pouvoir dire où on allait le trouver ultérieurement – et d'abord tout simplement parce qu'il est impossible de dire exactement à la fois où il est et à quelle vitesse il se déplace. On n'arrive donc plus à établir une liaison stricte – déterministe – entre l'état du système à l'instant initial et son état à l'instant final – en tout cas si l'on persite à caractériser ces états par la connaissance simultanée des positions et des vitesses. On parvient cependant à s'en tirer en invoquant la notion de hasard. On ne saurait dire quel est exactement l'état du système à l'instant final, mais on peut dire quelle est la probabilité de le trouver dans tel ou tel état. Ainsi, le hasard, sous les espèces de la théorie des probabilités, fait son apparition en gouvernant le caractère des prédictions de la théorie quantique. Dès lors, on ne s'intéresse plus au lieu précis où l'on va trouver un électron, mais à la probabilité de le trouver à tel ou tel endroit. Et la question, ensuite, c'est de savoir quelle est la signification de cette probabilité ; si, une fois de plus, elle masque la méconnaissance d'un niveau plus profond, ou si elle est irrémédiablement intrinsèque, comme beaucoup de gens l'affirment.

> La question qui vient à l'esprit est de savoir quel est exactement le statut du hasard dans ce cas-là. C'est alors que se présentent des relations qui ont connu une célébrité considérable, les relations d'incertitude de Heisenberg. Est-ce qu'il est à propos de réfléchir, à ce moment précis, là-dessus ?

Oui, il est tout à fait opportun de dire un mot à propos de ces fameuses incertitudes de Heisenberg ; même si elles ne sont pas en elles-mêmes directement liées à la question du hasard, je crois qu'elles éclaireront le statut du hasard ultérieurement. Je viens de dire qu'il n'était pas possible, dans le cas d'un électron (pour préciser les idées), de définir son état comme on le faisait classiquement en disant : « Il est à tel endroit et il va à telle vitesse à l'instant considéré.» Chaque fois que l'on tente de définir ces grandeurs, on s'aperçoit qu'en essayant de préciser quelle est la vitesse de l'électron on perd la précision sur sa position et réciproquement. Il y a une sorte de « complémentarité » – le mot a été fort employé – entre les deux grandeurs. D'où cette idée, introduite par Heisenberg, qu'il y aurait sur la position et sur la vitesse des « incertitudes » fondamentales liées l'une à l'autre – plus grande serait celle sur la position, plus petite pourrait être celle sur la vitesse, et réciproquement. Alors qu'en physique classique, pour savoir quel est l'état d'un électron, il suffit de donner sa position et sa vitesse. Mais, en théorie quantique – c'est ce que nous disent ces « incertitudes » de Heisenberg –, la notion d'état doit être modifiée, et l'on ne peut continuer à caractériser l'état d'un électron par ces données classiques que sont la position et la vitesse. Pourquoi alors mettre des guillemets à « incertitudes » ? Parce qu'il me semble que ce terme renvoie à une étape assez archaïque et désormais dépassée de la pensée physique. Il traduit l'idée que nous ne pouvons pas savoir où est l'électron et à quelle vitesse il va, mais que, malgré tout, il a une position et une vitesse bien déterminées. Dans une telle vision, les descriptions de la théorie quantique seraient provisoires, résultant de notre incapacité à faire mieux ; nous persisterions à penser qu'il y a, sous-jacent, un autre niveau, auquel nous n'avons pas encore accès, mais dans lequel nous retrouverions les bonnes vieilles certitudes et serions capables à nouveau de dire exactement où est l'électron et à quelle vitesse il va. Ces incertitudes seraient en définitive de la même nature que des incertitudes de type expérimental qui nous empêchent de connaître exactement la valeur de la grandeur que nous voulons mesurer, bien que nous n'ayons aucun doute sur le fait que cette valeur existe et est bien définie.

> Ces incertitudes seraient, en quelque sorte, dépendantes de la limite de nos capacités d'observation.

Exactement. Et elles traduiraient l'état provisoire d'une théorie qui demanderait à s'améliorer. Or il semble bien que tel n'est pas le cas et que, plutôt que de parler d'incertitude, il conviendrait de parler d'indétermination, ce qui est d'ailleurs une traduction peut-être meilleure du terme allemand originel. Ce terme d'indétermination est préférable. Il indique – et il me semble bien que ce soit la meilleure façon de comprendre la théorie quantique aujourd'hui – que le fait important n'est pas que nous ignorons quelle est la position réelle de l'électron, mais bien que cette position n'existe pas, ou, plus précisément, qu'elle n'est pas uniquement déterminée. Je veux dire par là qu'il y a, sur la position de l'électron, un flou constitutif essentiel : l'existence d'une position ponctuelle, définie par un nombre unique, ne correspond pas à la nature physique de cet objet. Cette idéalisation, qui nous permet de décrire une petite bille, un grain de poussière, une planète par un point bien déterminé, semble tout simplement ne pas être adaptée à la description de l'objet physique qu'est l'électron. Avec ce nouveau point de vue, qui consiste à parler d'indétermination plutôt que d'incertitude, on met l'accent sur le caractère fondamentalement original de la théorie quantique et sur la nature différente des descriptions qu'elle donne du monde : cela aura des répercussions quand nous allons devoir discuter du statut du hasard et de la nature de son intervention.

> Est-ce que cela ne tient pas au fait que l'électron n'est pas un grain de matière, mais quelque chose d'un peu différent ?

Oui. C'est que la notion de grain de matière est ambiguë, parce qu'il est difficile de dire « grain » sans imaginer un grain de blé, un grain de poussière – c'est-à-dire un objet que nous caractérisons par des concepts qui lui sont adaptés, ceux précisément de la théorie classique. Si l'on dit « grain de matière » pour un électron, il faut dégager le mot « grain » de tout ce contenu imagé que nous y mettons et bien comprendre que c'est un grain – je le dis de façon un peu provocatrice – qui est à la fois ponctuel et en même temps très flou. Soyons un peu plus précis et illustrons la situation par un exemple. Imaginez que vous fassiez une expérience dans laquelle vous envoyez un faisceau d'électrons à travers un trou relativement petit. Si les électrons étaient des grains de matière dure analogues à de la grenaille de plomb, vous auriez une situation simple dans laquelle ou bien vous avez bien visé, et ils passent à travers le trou, ou bien vous avez visé à côté, et ils sont arrêtés par les parois du trou ; s'ils passent, ils vont tout droit, comme n'importe quelle petite bille ou balle de fusil. Vous vous attendez donc à trouver tous les points d'impact dans une zone très petite correspondant au prolongement de la ligne de tir. Tel n'est pas le cas, et vous vous apercevez qu'en fait vos électrons se répartissent dans différentes zones annulaires qui entourent le point idéal où vous les attendiez ; zones d'autant plus étendues que le trou est plus petit. Ces zones alternées font irrésistiblement penser à un phénomène bien connu en physique classique des ondes (et non pas en mécanique) : le phénomène de diffraction par lequel une onde qui passe à travers un trou petit par rapport à sa longueur d'onde est diffractée, élargie et vient manifester sa présence sur l'écran dans une zone beaucoup plus large que la simple ombre portée du trou. Seulement, le problème, c'est que vous ne pouvez pas décrire un électron par un comportement purement ondulatoire parce que vous savez aussi que vous pouvez les compter. En ce sens, ce sont bien des grains de matière – en un sens technique bien précis : si vous mettez un compteur, vous allez enregistrer clic, clic, clic... Autrement dit, il y a un, deux, trois électrons. Le problème, c'est de réconcilier certains aspects qui apparaissent de nature corpusculaire – le fait que l'on puisse compter les électrons – et d'autres aspects qui apparaissent de nature ondulatoire – le fait qu'ils semblent obéir à des phénomènes de diffraction. On a longtemps décrit cette ambiguïté par l'idée de « dualité onde-corpuscule ». Mais, là encore, c'est une persistance archaïque. A la vérité, ce n'est pas du tout une dualité ; au contraire, ce qui est frappant, c'est qu'il y a un seul comportement des électrons, qui n'est pas à la fois ondulatoire et à la fois corpusculaire, mais qui n'est *ni* tout à fait ondulatoire *ni* tout à fait corpusculaire.

Mais alors, comment va intervenir le hasard dans cette description ?

Il va nous permettre de continuer à utiliser ces deux images, qui ne sont pas les mieux adaptées, mais qui sont utiles, et nous éviter d'avoir des conflits trop graves entre elles. En effet, si vous envoyez beaucoup d'électrons, vous avez cette étrange répartition, ces taches de diffraction sur votre écran. Mais, si vous n'en envoyez qu'un, où va-t-il aller ? Vous vous attendriez à ce qu'il arrive au centre, si c'était un corpuscule de type classique, or il va aboutir dans l'une des zones annulaires... Dans laquelle ? Vous ne le savez pas, puisqu'il faut que tous ces électrons que vous envoyez se répartissent dans ces différentes zones de façon à, petit à petit, reproduire cette figure de diffraction. Donc, vous avez cette situation étrange, où des électrons envoyés apparemment dans les mêmes conditions initiales vont finir par aboutir en des points différents de l'écran. C'est là que la notion de hasard intervient et permet de s'en tirer. La théorie ne nous donne plus une réponse unique à la question « où arrive l'électron ? », mais va nous dire qu'il a tant de chances d'arriver à tel endroit, tant de chances d'arriver à tel autre endroit. Autrement dit, on aboutit à une théorie de type aléatoire qui nous fournit des réponses probabilistes. Tout se passe comme si le comportement de l'électron était fondamentalement aléatoire. Il apparaît déterminé par du hasard pur qui ne me permet pas de savoir où l'électron va aller ; je peux juste savoir avec quelles chances on va le trouver en tel ou tel endroit. Dès lors, on peut continuer à penser, en termes corpusculaires, que l'électron va arriver à un endroit précis comme s'il était un petit grain, mais, en même temps, reconstituer une description de type ondulatoire en considérant tous les endroits où il peut arriver, ce qui permet, petit à petit, de reconstituer la figure de diffraction.

> Qu'est-ce que cela veut dire, en fin de compte, si on essaye d'en tirer un moyen de compréhension ? Est-ce que la théorie quantique ne se présente pas, elle-même, comme à la fois aléatoire et certaine ? Est-ce qu'il n'y a pas des champs où la probabilité intervient et des champs où la prédiction est à peu près certaine ?

Il faut effectivement d'abord mettre en garde contre toute une série d'abus dans les commentaires usuels. Le hasard intervient certes en théorie quantique, mais il serait tout à fait erroné de penser qu'il intervient toujours et partout et que la théorie est une théorie intégralement livrée à l'aléatoire et qu'elle ne peut ordonner que des prédictions floues. Tel n'est pas le cas. Si vous posez à la théorie des questions comme : quelles sont les valeurs possibles des niveaux d'énergie de l'électron d'un atome d'hydrogène (ou, d'ailleurs, pour n'importe quel système, qu'il soit atomique, moléculaire ou nucléaire) ? vous avez des réponses certaines. La théorie sait calculer et l'expérience confirme qu'il y a des valeurs bien déterminées que je peux prédire absolument. Si l'on me demande, par exemple, quel est le niveau fondamental de l'hydrogène, quelle est son énergie dans l'état stable, je peux répondre sans ambiguïté. Il en va ainsi de toute une série de grandeurs physiques que la théorie quantique permet de calculer avec une absolue certitude. C'est pour un certain type de questions (comme la question posée à l'électron : « Où vas-tu aller ? ») que la théorie ne sait pas nous répondre autrement qu'en termes probabilistes. Encore faut-il ajouter que cette probabilité n'est pas une probabilité vague et subjective ; elle est rigoureusement gouvernée par un formalisme, par des équations, et elle peut être évaluée. Donc, probabilité, oui, mais probabilité gouvernée par des lois. Ce règne de l'aléatoire n'est pas absence de lois. Il y a des lois qui gouvernent ce hasard.

> Est-ce qu'on en sait suffisamment maintenant pour expliquer, donner à comprendre le statut du hasard dans la théorie quantique ?

On peut essayer au moins de décrire plusieurs attitudes possibles. La première et la plus répandue serait de s'en tenir à la description que je viens de donner et d'affirmer que la théorie quantique, c'est cela, qu'il n'y a rien d'autre à chercher. Elle fait des prédictions probabilistes qui correspondent d'ailleurs merveilleusement aux mesures expérimentales – c'est une théorie qui atteint, y compris, si j'ose dire, dans le hasard, une précision considérable –, et le hasard y est constitutif puisqu'il y a des prédictions qui ne peuvent être formulées qu'en termes de probabilités. Ainsi, la théorie quantique serait probabiliste, car le monde à l'échelle microscopique serait aléatoire par nature. C'est la vision la plus répandue. Elle est parfaitement cohérente tant que la théorie ne rencontre pas d'obstacles ni de contradictions, et elle n'en a pas rencontré depuis plus de trois quarts de siècle maintenant. D'autres physiciens – un groupe minoritaire – ne se sont pas satisfaits de cette situation, à commencer d'ailleurs par l'un des fondateurs de la théorie quantique, Louis de Broglie. Ils ont toujours objecté qu'il était contraire aux ambitions mêmes d'une théorie scientifique digne de ce nom de se contenter d'une situation de ce genre, et qu'il n'y avait pas de science s'il n'y avait pas de déterminisme absolu. Pour ces gens, l'objectif était de trouver une façon d'éliminer le hasard et de revenir à une théorie déterministe sous-jacente. C'est ce qu'on appelle la « théorie des variables cachées », ce mot voulant dire que l'électron – pour reprendre cet exemple – aurait, dans sa constitution interne, un certain nombre de propriétés que nous ignorons, mais qui, elles, seraient régies de façon absolument déterministe. Ce serait simplement notre ignorance de ces propriétés et de leur comportement qui nous amènerait à décrire de façon statistique et aléatoire le comportement de l'électron. Autrement dit, quand je vois des électrons arriver en des points différents de l'écran, c'est parce qu'ils étaient différents au départ. Il y aurait, à l'intérieur, de petits rouages, de petits mécanismes, que sais-je encore ? qui, si nous les connaissions, nous auraient permis de constater qu'ils ne sont pas dans le même état. Il ne serait donc pas surprenant qu'ils aient une évolution différente et qu'ils arrivent en des endroits différents. Si nous connaissions mieux la structure sous-jacente de la matière, nous pourrions éliminer le hasard et on se retrouverait, du coup, dans une situation très proche de celle de la physique statistique classique qui n'utilise les probabilités pour décrire le comportement des molécules que parce qu'elle ne peut pas (ou, d'ailleurs, le plus souvent, parce qu'elle ne veut pas) s'intéresser à leurs comportements individuels, à leurs trajectoires individuelles. Une telle vision est possible parce que, comme je l'ai dit au début, le noyau dur d'une théorie, son formalisme, ses équations ne dictent pas un mode unique de conceptualisation, de compréhension. Il est possible de bâtir des théories à variables cachées. Mais, pour qu'elles aient un sens et un intérêt, il faut qu'elles permettent de récupérer intégralement toutes les prédictions vérifiées de la théorie quantique. On s'aperçoit alors – cela a été, au fond, la grande avancée des vingt dernières années – que, si l'on veut récupérer le déterminisme, on est obligé d'abandonner autre chose, qui est au moins aussi important physiquement et qui est l'idée de localité, l'idée que les interactions entre les systèmes ne se transmettent que de proche en proche. Cela veut dire qu'on peut effectivement bâtir de façon sous-jacente à la théorie quantique des théories déterministes – et même de multiples façons, multiples parce que rien dans l'expérience ne nous y oblige (il y a, d'une certaine façon, beaucoup trop de possibilités). Mais ces théories présenteront des aspects peut-être encore plus bizarres que la théorie quantique conventionnelle, pas au niveau de la question du déterminisme et du hasard, mais au niveau d'autres aspects fondamentaux. On devra alors accepter des comportements bien plus étranges que ceux que l'on a voulu éliminer. C'est pourquoi, à l'heure actuelle, ces théories déterministes, qui seraient censées expliquer et sous-tendre la théorie quantique, ont largement perdu la faveur, y compris de la minorité qui les défendait.

> Est-ce qu'il n'y aurait pas une autre façon de voir, qui ne serait pas nécessairement contradictoire avec les idées conventionnelles, et qui permettrait de mieux les comprendre ?

En ce qui me concerne, je considère que le rôle du hasard en théorie quantique est à la fois essentiel et non fondamental. Je m'explique : supposez que vous posiez à notre petit électron uniquement des questions formulées dans le vocabulaire propre de la théorie quantique – celui des concepts qu'elle manipule dans ses équations intrinsèques et où il est question, par exemple, de fonction d'onde (le concept essentiel qui permet de décrire de façon précise et spécifique le comportement d'un électron). Si vous ne parlez à l'électron que ce langage-là, « son langage », la théorie est déterministe : si je vous donne la fonction d'onde de l'électron à un moment donné, il existe une équation – c'est même l'équation maîtresse de la théorie quantique, l'équation de Schrödinger – qui vous permet de calculer exactement, rigoureusement et de façon déterministe la fonction d'onde à un instant ultérieur. Mais comment concilier cela avec ce que nous avons dit antérieurement des prédictions probabilistes ? Eh bien, les prédictions probabilistes vont survenir quand je vais demander à l'électron non pas quelle sera sa fonction d'onde, mais à quel endroit il sera, quelle position il aura. Alors, là, il va être en difficulté parce que, comme on l'a vu à propos des inégalités de Heisenberg, l'électron n'est pas un objet qui peut être caractérisé de façon intrinsèque par une position unique ; il *n'a pas* de position unique. Donc, si vous lui posez la question de savoir où il est, il ne peut pas répondre parce qu'il n'y a pas de réponse unique à cette question. Il peut au mieux répondre : « Eh bien, j'ai tant de chances d'être à un tel endroit, tant de chances d'être à un autre endroit. » Autrement dit, la probabilité apparaît ici comme nécessitée par l'articulation indispensable entre le niveau quantique propre et le niveau macroscopique, différent, celui de la plupart des questions qui nous intéressent. Si vous vous borniez à ne poser à l'électron que la question de sa fonction d'onde, la théorie serait déterministe, mais vous lui posez une autre question, parce que tel est votre intérêt. Vous vivez dans un monde macroscopique, vous avez envie de savoir où les choses sont et où elles vont, et vous posez des questions portant sur les concepts de position et de vitesse. Mais ces concepts ne sont pas ceux qui sont les mieux adaptés à décrire le comportement propre de l'électron. Vous vous trouvez donc dans une situation où vous avez deux structures conceptuelles distinctes : celle de la théorie quantique, sa structure intrinsèque, et celle des questions empiriques, expérimentales, qui sont, elles, liées au monde macroscopique dans lequel vous travaillez. Ces deux structures ne s'articulent pas rigoureusement l'une sur l'autre. Donc, le hasard intervient ici pour introduire un flou commode, un jeu qui permet à ces deux structures, malgré leur incompatibilité, de fonctionner ensemble. Le hasard serait un peu comme le fluide d'une transmission hydraulique – plus souple qu'une transmission mécanique, impossible s'il n'y a pas compatibilité des engrenages. Reste à comprendre pourquoi la matière à notre échelle est (à une excellente approximation) décrite par la mécanique classique, alors qu'elle est faite, après tout, de noyaux et d'électrons qui obéissent à la théorie quantique. C'est une question ouverte, qui fait l'objet de débats actuels. En tout cas, dans cette conception, le hasard intervient moins au cœur de la théorie quantique qu'à ses frontières.

Une légende raconte que les rois de Suède et de Norvège s'en remirent aux dés pour savoir à qui reviendrait une ville. Après deux essais qui virent chacun des rois tirer un double six, un dé se cassa en deux morceaux, de sorte qu'il indiqua sept, attribuant ainsi la ville au roi de Norvège.

14. La mathématisation du hasard

Entretien avec Ivar Ekeland, président de l'université Paris-IX Dauphine.

ÉMILE NOËL : Nous sommes partis du hasard du sens commun et nous avons cheminé dans des disciplines de plus en plus « dures ». Apparemment, les mathématiques sont la discipline la plus dure, en tout cas considérée comme la plus rigoureuse. Comment les mathématiques abordent-elles cette notion de hasard ? Quel est le statut de ce concept sur le plan purement mathématique ? Cela peut-il nous éclairer sur la nature même du hasard ? Mais, d'abord, un petit regard en arrière pour voir comment ce concept a évolué dans l'esprit des mathématiciens.

IVAR EKELAND : L'idée de hasard est restée en dehors des mathématiques pendant très longtemps. Personnellement, on ne m'en a pas parlé quand j'étais au lycée. Mais je ne sais pas ce qu'il en est pour nos lecteurs. Les Grecs étaient des géomètres. Pour eux, le hasard, c'était visiblement le destin, ce que décidaient les dieux, et l'idée que cela pouvait être objet de science ne leur était sans doute pas venue. Je pense que l'on peut dater l'introduction du hasard en mathématiques de Pascal. L'un de ses amis, le chevalier de Méré, lui posait le problème suivant : deux amis sont engagés dans une partie de cartes, un jeu de hasard, et l'un d'eux doit quitter la table avant que le jeu ne soit terminé. Donc, on voit quelles sont les cartes sur la table, mais la partie n'est pas allée jusqu'au bout, les joueurs ont misé et constitué un pot. Comment faut-il répartir le pot ? Rendre simplement son argent à chacun ne rendrait pas justice aux possibilités naturelles de gain. Pascal avait alors introduit le concept de probabilité en voyant les mains des deux partenaires et en disant qu'avec telle main et connaissant les cartes qui restaient en jeu il y avait telle probabilité de faire telle chose. Mais on peut dire que les probabilités sont restées un concept très flou, très physique, si j'ose dire, et très mystérieux. On ne peut vraiment dater l'entrée du hasard en mathématiques que des travaux d'un Russe qui s'appelle Kolmogorov (il est né en 1903 et mort en 1987). C'est lui qui, le premier, a construit l'axiomatique de la théorie des probabilités. Donc, c'est au XXe siècle que le hasard a vraiment acquis droit de cité par le biais de la fondation rigoureuse de la théorie des probabilités.

> Comment relier ces notions de probabilité et hasard ? Ces deux termes sont-ils synonymes ? Sinon, quel rapport existe-t-il entre ce qu'ils désignent respectivement ?

Là, nous sortons un petit peu du domaine des mathématiques. Nous en sortons même très largement. A mon avis, le hasard recouvre des notions qui dépassent de très loin le calcul des probabilités. Le hasard, cela peut être la contingence... A titre d'exemple, chacun de nous est confronté à des décisions qu'il faut prendre une fois dans sa vie. Cela peut être acheter une maison, se marier, décider d'une carrière... L'évolution future dépend, nous le savons, de l'incertitude sur l'avenir et donc du hasard : il est clair que cela échappe au calcul des probabilités. Mais les mathématiciens veulent toujours raisonner très rigoureusement. Ils le font au prix d'une restriction de leur champ. Donc, la théorie mathématique des probabilités ne recouvre qu'une infime partie du champ immense du hasard. En contrepartie, elle est très rigoureuse et très utile.

> Parlons-en. On essayera ensuite de définir précisément le territoire que cette théorie balise. Comment peut-on s'y prendre ?

Il y a deux manières d'introduire le hasard en mathématiques, deux points de vue différents qui aboutissent au même résultat et qui sont intéressants l'un et l'autre. Le premier consiste à se placer dans le cadre du jeu de dés, par exemple. Vous lancez un dé – il y a six possibilités. L'idée fondamentale est que, quand je lance le dé, je ne sais pas quel chiffre va sortir. La question de savoir pourquoi je ne sais pas est complètement différente et je ne l'aborderai pas. Je me place dans un schéma très simple : je lance un dé, six chiffres sont possibles et ils sont équi-probables. Tout le monde a l'intuition de ce que cela veut dire. Si je lance un dé 40 millions de fois de suite, si le dé est correct, j'aurai à peu près une fois sur six un 1, une fois sur six un 2, etc. C'est cette idée très simple qui est formalisée par la théorie des probabilités. Mais cela offre quand même de grandes difficultés : si on réfléchit bien, il se peut que quelqu'un soit tellement malchanceux que, de toute sa vie, il ne puisse sortir que le 1.

Les chances en sont très faibles, tout de même…

Oui, mais cela peut exister. Je vais vous raconter une histoire que l'on trouve dans la saga du roi Olaf Haraldsson, ou saint Olaf. (Les sagas sont des récits historiques qui ont été écrits en Islande vers le XIIe siècle et dont certains concernent les rois de Norvège.) Le roi de Norvège et le roi de Suède se disputaient une petite bourgade. Comme c'étaient des gens civilisés, que la bourgade était finalement de peu d'importance et qu'ils n'avaient pas vraiment envie de se battre, ils ont décidé de tirer la bourgade au sort. Le roi de Suède lance le premier dé et tire un 6 ; il se réjouit parce que, visiblement, la bourgade est à lui. Mais le roi de Norvège lance à son tour et tire un 6. On remet ça. Le roi de Suède lance et tire un autre 6. A ce moment-là, il dit au roi de Norvège : « Tu vois bien. Ce n'est pas la peine de continuer. Tu n'en tireras pas un autre. » Et le roi de Norvège répond alors : « Il y a encore un 6 dans les dés, et Dieu mon Seigneur est bien capable de le faire sortir encore une fois. » Il lance le dé et le lance si fort que le dé se casse, montrant un 6 et un 1, ce qui lui fait un 7. Je trouve que c'est une très belle histoire, parce qu'elle montre vraiment les limites de la mathématisation, elle fait saisir ce qu'est le hasard. Quand on pense « hasard », on pense « probabilités », on se limite. Quand vous dites : « Je lance un dé, j'ai 1, 2, 3, 4, 5, 6 », vous avez un schéma mathématique abstrait qui est correct, mais qui ne rend pas compte de la réalité elle-même. La réalité, effectivement, c'est que vous pouvez tirer un 7. Le hasard dans la vie, c'est ce qui surprend. Et, si ça surprend vraiment, c'est que ça sort de tous les cadres. C'est pour cela que je dis que le hasard est beaucoup plus riche que les probabilités. Cela, c'est le premier point.

> Bon, mais les mathématiciens considèrent un dé tout à fait parfait, qui ne se casse pas, et des jets parfaitement neutres, ce qui permet le calcul.

Tout à fait. Mais, enfin, c'est une formalisation qui, comme toutes les formalisations, ne rend pas compte de l'infinie richesse de la réalité. Voilà pour la première approche. Il y en a une deuxième, qui est moins connue et qui était celle, originale, de Kolmogorov. Elle a consisté à relier directement le hasard à la contingence. Pour bien expliquer ceci – le problème est complètement différent, donc on repart de zéro –, Kolmogorov s'est posé la question de savoir comment résumer un message. Prenons un exemple. Supposez que vous êtes à un carrefour et que vous voulez voir s'il y a des accidents à ce carrefour. Vous vous posez la question de savoir si les accidents à ce carrefour arrivent au hasard ou pas. Vous observez les accidents. Si tous les vendredis soir, à 19 h 15, pendant trente ans, vous avez un accident, la suite de tous les accidents, la longue suite d'observations est résumée ainsi : « Tous les vendredis soir, à 19 h 15, il y a un accident », et vous vous dites que cela ne peut pas être du hasard, qu'il y a quelque chose qui se passe le vendredi soir à 19 h 15. Vous regardez. Il y a peut-être un type avec un bazooka qui tire sur tout ce qui passe, enfin, il y a une raison. On peut aussi avoir la situation suivante : vous regardez pendant une semaine. Il y a un accident le lundi matin à 8 h 30, un autre le mercredi, puis un autre le vendredi soir à 19 h 15. Vous faites vos observations sur trente ans et vous notez qu'il y a certaines irrégularités, mais disons qu'il y a quand même le vendredi soir régulièrement un ou deux accidents, une concentration. Vous vous dites alors qu'il y a un élément prédictible – il y a quelque chose qui se passe le vendredi soir –, mais, en dehors de cet élément prédictible, il y a quelque chose d'autre. Et là apparaît le hasard.

> Il n'y a pas une relation de cause à effet. Comment noter, alors, le rapport entre la date et l'accumulation d'accidents ?

Ce n'est même pas exactement ce point de vue-là que je prendrais. Je dirais plutôt : si vous vouliez transmettre cette longue liste d'accidents à quelqu'un qui est sur la planète Mars, comment vous y prendriez-vous ? Dans le premier cas, vous lui diriez probablement : « Eh bien, tous les vendredis soir, à 19 h 15, il y a un accident. » Dans le second cas, vous tenteriez de séparer. Vous diriez : « Tous les vendredis soir, un accident, plus ceci, ceci, ceci… » Vous avez pu, dans le premier cas, résumer le message ; dans le second cas, vous l'avez concentré. Qu'est-ce que ce serait que le hasard pur ? Il consisterait en une liste de dates et d'heures où vous ne pourriez trouver aucune régularité, de telle manière que, si vous aviez à transmettre cette liste sur la planète Mars, la seule ressource que vous auriez consisterait à la transmettre exhaustivement et intégralement. Vous arrivez donc à la notion de message qui ne peut pas être raccourci. La contingence totale. Cela, c'est la deuxième définition du hasard. C'est l'aléatoire. Pour être plus technique : les messages de l'informatique sont des bits – des suites de 0 et de 1. Si j'ai un message à transmettre, une suite de 0 et de 1, si le message est 0000000... je ne vais pas appuyer sur les touches et taper 0000000... Le seul message que je transmets, c'est : « Noter 0 partout. » Cela contient tout le message. Si c'est 111111... j'écris : « Noter 1 partout. » Si c'est 01 01 01 01 – c'est un peu plus compliqué –, je mets : « Noter 0 et 1 alternativement. » Il doit exister des messages sans régularité aucune. Si vous voulez transmettre de tels messages, il n'y a pas de moyen de les raccourcir. Vous les transmettez intégralement : ce sont des suites de 0 et de 1 qui sont aléatoires, au sens où l'entend Kolmogorov.

> Le plus aléatoire correspond à un message que l'on est obligé de transmettre en extension alors que, quand il y a de l'ordre, on peut le transmettre en compréhension.

C'est tout à fait cela. Avec un message aléatoire, la ressource consiste à le transmettre exhaustivement. Kolmogorov a démontré que le message parfaitement aléatoire est un message où les 0 et les 1 interviennent chacun avec la probabilité 1/2. Si vous voulez réaliser un message complètement aléatoire, vous prenez un dé parfait, vous le lancez et, chaque fois que vous obtenez 1, 2 ou 3, vous mettez 0 ; chaque fois que vous obtenez 4, 5 ou 6, vous notez 1. Un mathématicien parfait lançant un dé parfait et n'ayant ni une grande chance ni une grande malchance réalise de cette manière un message complètement aléatoire.

> En quoi est-ce que c'est une mathématisation ? L'intuition saisit le sens du phénomène.

Je vous ai déjà donné un théorème : si vous réalisez une suite de 0 et de 1 par tirage au sort, sauf cas exceptionnel, vous avez un message qui ne peut pas être résumé. C'est un résultat mathématique, un résultat de jonction, si vous voulez. Maintenant, ce qui est mathématique, c'est que, si vous embrayez sur la théorie des probabilités, les événements vont se produire selon une certaine probabilité. Vous avez alors des possibilités de calcul à votre disposition, qui vous permettent de faire des statistiques, d'étudier le mouvement brownien, le hasard en continu…

> Parlons alors des applications au mouvement brownien, par exemple, ou à d'autres cas de figure, à votre choix.

Le mouvement brownien, c'est encore une idée du XXe siècle. Un botaniste du XIXe siècle, du nom de Robert Brown, avait observé que les petites particules en suspension dans un fluide sont animées d'un mouvement désordonné. La théorie de ce mouvement a été faite par Norbert Wiener et Paul Lévy, un Américain et un Français, aux alentours de la Seconde Guerre mondiale. Si on reprend l'analogie de la particule en suspension dans un fluide, elle est soumise au choc des molécules du fluide, un mouvement désordonné. Elle est donc animée d'un mouvement qui est continu – la particule se déplace continûment –, mais qui dépend du hasard en ce sens que, à chaque moment, elle peut être poussée d'un côté ou d'un autre.

> La trajectoire est quasi imprévisible.

Voilà. L'analogie que l'on prend toujours dans le plan est celle d'un ivrogne qui se promène… Il n'est pas assez ivre pour ne plus tenir debout, mais il est trop ivre pour savoir où il va. Il est animé d'un mouvement désordonné. On démontre que, si vous mettez un réverbère au milieu du plan, quelque part, et que vous lâchez un ivrogne n'importe où, il finira par aller se cogner dans le réverbère parce que le mouvement brownien explore tout le plan. Vous avez donc des résultats de ce genre. Mais le mouvement brownien a pris une grande importance en technologie, en économie, en finances, ces dernières années, également, dans tous les systèmes de guidage, tous les pilotages automatiques. Dans un processus de pilotage automatique, vous considérez que votre système est soumis à de petites impulsions aléatoires, comme les coups de vent, par exemple. Il y a toujours un bruit de fond. Le problème du pilotage automatique est d'éliminer le bruit de fond, et le bruit de fond, c'est un mouvement brownien, comme la friture que vous observez dans les appareils de radio. Ce sont de petites impulsions qui arrivent un peu n'importe comment, on ne sait pas trop. On les modélise par un mouvement brownien et cela marche très bien…

> Le mouvement brownien réel est un phénomène que l'on peut systématiser, modéliser, pour s'en servir dans des domaines complètement différents, y compris des domaines abstraits ?

Bien entendu. La théorie des probabilités est un domaine très actif des mathématiques. Vous savez peut-être que l'on modélise les cours de la Bourse par un mouvement brownien. Ce n'est pas seulement un amusement de mathématicien. Il y a à cela des raisons théoriques. Cela reflète des hypothèses économiques selon lesquelles le cours des actions reflète toute l'information disponible sur le marché. Si les cours varient, ce ne peut être que parce que de nouvelles informations arrivent sur le marché. Vous êtes alors conduit à vous poser la question de savoir à quel rythme, comment les nouvelles informations arrivent, et vous êtes amené à dire qu'elles arrivent un petit peu au hasard, que c'est un mouvement brownien.

> Vous dites que les mathématiciens ne s'intéressent qu'à une toute petite partie de ce qu'on peut appeler le hasard pour être plus rigoureux. Mais, dans les applications de cette approche mathématique du hasard, il y a la recherche de diminuer les risques d'erreur et d'augmenter les capacités de prévision. Donc, cette mathématisation de la partie que vous dites sert aussi quelquefois à réfléchir sur le tout : non pas détruire complètement les effets du hasard, mais les réduire ?

C'est comme une lampe de poche dans un tunnel. La démarche mathématique consiste toujours à se dire que, si on ne domine pas toute la réalité, on en domine du moins une petite partie. On cherche à la développer le plus possible, à porter le faisceau de la lampe aussi loin qu'on peut. Un exemple me vient à l'esprit : la gestion des très grands risques, le risque nucléaire, notamment. Dans le risque nucléaire, vous attribuez des probabilités à des événements qui ne se sont jamais produits. C'est quand même intéressant. C'est comme si vous attribuiez des probabilités aux faces d'un dé que vous n'avez jamais lancé. Cela se situe aux bords extrêmes de ce que peut faire la théorie des probabilités. Cela se fait parce que vous découpez l'événement considéré. Prenez le

« syndrome chinois[1] », par exemple. Vous vous demandez comment peut se produire le syndrome chinois. Vous faites une liste des accidents possibles, puis vous décomposez dans cette liste chaque événement en sous-événements : cela s'est passé parce que telle conduite a cassé ou pour toute autre raison. Puis vous allez encore plus loin : telle conduite a cassé parce que telle vis a sauté. A ce moment-là se pose la question de savoir quelle est la probabilité pour qu'une telle vis saute. Si on met une autre vis ailleurs, comment est-ce qu'on diminue cette probabilité ? Vous argumentez de cette manière-là. C'est certainement à la limite de ce qu'on peut faire, cela ne traite pas de l'éventualité toujours possible de l'erreur humaine, mais c'est certainement beaucoup mieux de procéder comme cela plutôt que de s'en remettre à l'instinct ou à l'intuition.

> Je suis convaincu que le mathématicien s'intéresse à ce qui est effectivement susceptible d'être formalisé et qu'il a conscience qu'il travaille – je trouve l'image assez belle, d'ailleurs – avec une lampe de poche dans un tunnel. Cela n'empêche pas le mathématicien, malgré les limites de son faisceau lumineux, d'avoir une certaine idée de la totalité du tunnel. En d'autres termes, a-t-il une idée sur la nature du hasard ? Sur ce que l'on pourrait appeler sa nature « fondamentale » ?

1. *Le Syndrome chinois (The China Syndrom)*, 1979, Columbia Pictures. Réalisation : James Bridges. Scénario : Mike Gray. Avec Jane Fonda, Jack Lemmon, Michael Douglas. Film-catastrophe sur les dangers de l'énergie nucléaire. L'expression « syndrome chinois » désigne la conséquence (imaginaire) de la fusion du cœur d'une centrale nucléaire américaine. Perçant la dalle de béton, puis s'enfonçant dans le sol, il parviendrait aux antipodes, c'est-à-dire en Chine.

En ce qui concerne le mathématicien, comme je vous l'ai dit, l'axiomatique de la théorie des probabilités évite soigneusement la question de la nature profonde du hasard. Comme toujours, on a une axiomatique et on la fait fonctionner indépendamment du sens qu'on lui donne. Si on se pose la question de savoir d'où provient le hasard, on peut apporter quelques réponses. Il y a une première réponse, tout à fait classique, qui est de dire que le hasard provient de l'incertitude sur la condition initiale. Vous avez les systèmes déterministes qui sont très sensibles aux conditions initiales. Comme vous n'êtes pas assez fin pour observer la condition initiale, vous observez les conditions finales et puis, comme vous n'avez pas vu la condition initiale, il vous semble que tout cela vient du hasard. Vous n'êtes pas capable de faire la prédiction parce que vous n'êtes pas au bon niveau d'observation et, comme vous n'êtes pas capable de la faire, vous dites que c'est du hasard. Cela, c'est classique. Il y a une deuxième réponse, qui consiste à dire que le hasard résulte du croisement de séries causales indépendantes. Quand j'étais gosse déjà, cela me semblait idiot, cela me semble encore plus idiot parce qu'il n'y a pas de séries causales indépendantes dans l'univers. Le seul système isolé, c'est le monde tout entier, et dire qu'il peut y avoir des séries causales indépendantes dans un système comme l'univers, je ne le crois pas.

Mais, de notre point de vue, effectivement, les séries causales paraissent indépendantes.

D'accord, mais comme il y a des phénomènes de sensibilité aux conditions initiales... Et puis on parle de séries causales indépendantes avec tellement de certitude... Je pense que l'on peut aller beaucoup plus loin que cela et savoir s'il y a un vrai hasard, un hasard fondamental. Il y a toujours la question de la mécanique quantique. Les équations de la mécanique quantique sont parfaitement déterministes, elles ne font nullement intervenir le hasard, sauf si vous faites une observation. A partir du moment où vous faites une observation, le résultat de l'observation est aléatoire. La question de savoir de quelle nature est ce hasard-là est extrêmement controversée. Je pense enfin qu'il y a une chose qui n'est absolument pas prise en compte : la notion de risque. Le risque, à mon avis, rentre dans le hasard et n'est pas pris en compte du tout. Le risque typique, ce sont les Athéniens à Salamine. Le Mède et le Perse descendaient en dévastant la Grèce devant eux ; les Péloponnésiens se sont repliés dans leur presqu'île en barrant l'isthme, et les Athéniens ont abandonné leur ville aux Perses. Ils se sont embarqués sur leurs bateaux – ils n'avaient jamais pris la mer avant – et ils ont affronté la flotte perse en pleine mer. Cela, c'est le risque typique : on affronte un ennemi que personne n'a jamais rencontré – nul n'avait osé affronter l'armée perse. C'est le grand risque historique. Ou cela marche et on entre dans l'histoire ; ou cela ne marche pas, et on disparaît complètement de l'histoire. Si les Athéniens avaient été battus ce jour-là, personne n'aurait plus jamais entendu parler d'eux.

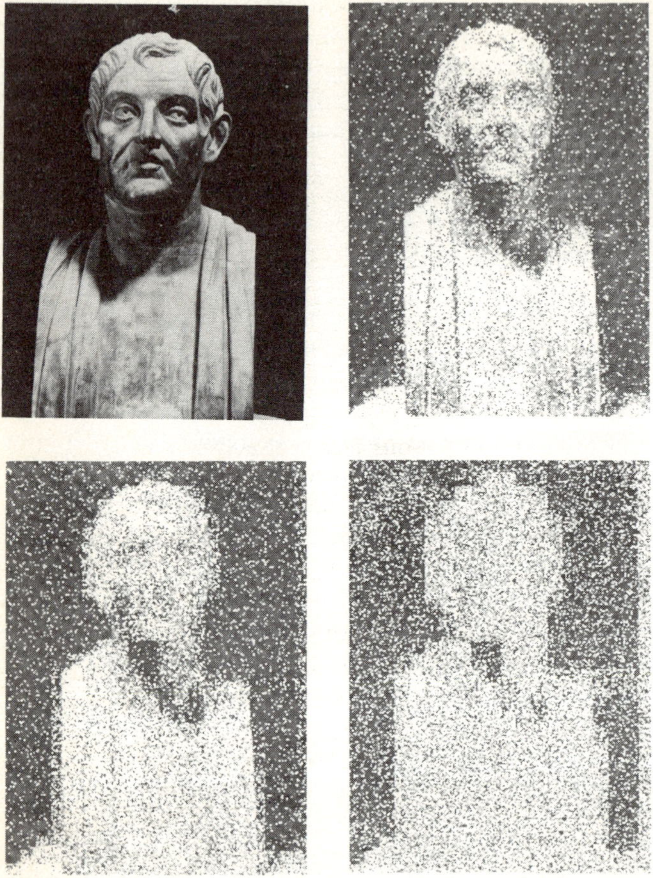

Buste d'Aristote et trois dégradations obtenues grâce à un logiciel introduisant des degrés croissants de désordre (ces dégradations ont été effectuées au laboratoire du CIMA). Voir, page 54, le même processus appliqué à une photographie de Sigmund Freud et, page 154, à une photographie du physicien Ludwig Boltzmann.

Et la synchronicité ?

15. Le concept de hasard

Entretien avec Hervé Barreau, directeur de recherche au CNRS.

ÉMILE NOËL : Vous êtes le dernier à intervenir dans cette série d'entretiens. Le philosophe, qui est aussi un épistémologue, a pour mission ici de faire le point et de dire aussi comment la philosophie de nos jours voit le hasard. Je présume que nous serons amenés à jeter un regard en arrière, mais c'est de la philosophie contemporaine et du hasard tel qu'il est vu aujourd'hui que nous avons à traiter principalement

HERVÉ BARREAU : Je pense, en effet, que la philosophie a toujours été confrontée au problème du hasard. Elle y est nécessairement confrontée d'abord parce que c'est une notion de sens commun. On appelle « hasard », quelle que soit l'étymologie du mot (qui vient du jeu de dés – le mot dérive d'un mot arabe qui veut dire « dé »), le fait qu'il y a des événements qui sont imprévisibles et qui apparaissent n'obéir à aucune régularité. C'est à propos d'eux que l'on parle de hasard, et c'est sur ce phénomène, au fond, qu'ont réfléchi les philosophes.

Oui. Mais il y a deux positions possibles – peut-être y en a-t-il plus : celle qui considère que le hasard est un effet de notre ignorance, et celle qui considère qu'il existe de façon plus fondamentale.

Certes. Il y a une tradition en philosophie qui considère que le hasard, au fond, n'est que le voile de la nécessité (c'était l'idée de Démocrite) et que, si nous parlons de hasard, c'est parce que nous ne pénétrons pas les causes qui font que tel événement s'est produit nécessairement tel qu'il s'est produit. Dans cette tradition, je citerai, après les matérialistes anciens, les stoïciens, qui ont une idée du destin enfermant toute chose ; à l'époque classique, des penseurs comme Spinoza et, d'une façon plus proche de la science que de cette philosophie spinoziste, la position de Kant. Il a élaboré une théorie du système solaire selon laquelle le système solaire s'était formé en suivant les lois de la mécanique ; parce qu'elle a été reprise par Laplace, on désigne cette théorie comme la théorie de Kant-Laplace. Laplace lui-même est bien connu pour ses positions déterministes ; la probabilité n'étant, pour lui, qu'une voie seconde pour les scientifiques, destinée à mettre de l'ordre dans des choses dont ils ne pénètrent pas les causes véritables et premières. Dans l'ordre des choses humaines, on peut dire que la tradition hégéliano-marxiste représente une vue selon laquelle tout est dominé essentiellement par des nécessités et que le hasard, en conséquence, n'est qu'une façon de dire que nous pénétrons mal le jeu de ces causes.

L'autre attitude, qui poserait l'existence d'un hasard fondamental, sur quoi se fonde-t-elle ?

Je préférerais parler d'un hasard *objectif* plutôt que d'un hasard fondamental. Parce que, s'il y avait un hasard fondamental, on ne comprendrait pas, d'abord, l'attitude des premiers philosophes. On ne comprendrait pas pourquoi ils cherchent quelque chose d'autre. Par ailleurs, on serait mis en face d'un caractère fondamentalement inintelligible de la réalité, comme s'il y avait des événements sans cause, ce qui est impensable et répugne à toute notre volonté de penser l'univers. C'est pour cela que, plutôt que de parler d'un hasard fondamental, je préférerais parler d'un hasard objectif dans la mesure où l'on se rend compte que les phénomènes que nous appréhendons, nous les appréhendons soit en tant qu'ils obéissent à des lois, soit en tant qu'ils se présentent à nous d'une façon contingente. Lorsque nous essayons d'analyser leur production, nous sommes alors obligés de faire appel à des lois différentes dont la conjugaison nous frappe, mais dont nous ne voyons pas la raison.

Quelle est cette seconde famille de pensée ? Par qui est-elle illustrée ?

Elle est illustrée par une série de philosophes. J'en vois essentiellement trois, et c'est le troisième qui est le plus important, qui nous arrêtera, parce que c'est avec lui que nous allons en venir au problème contemporain. Le premier philosophe qui a posé le hasard comme quelque chose d'objectif, c'est Aristote. Aristote a bien vu que le problème du hasard se posait dans l'analyse de la causalité. Pour lui, il y avait quatre causes : la cause matérielle, la cause formelle, la cause efficiente et la cause finale. Habituellement, cause efficiente et cause finale sont liées : un agent agit en vue d'une fin. Je vais à la ville pour me procurer telle ou telle chose. Or Aristote s'est bien aperçu qu'il y a souvent, dans le monde humain comme dans le monde naturel – puisqu'il parle aussi de monstres –, une espèce de rupture entre l'ordre des causes efficientes et l'ordre des causes finales, une disjonction entre ces deux ordres. Il en donne pour exemple un créancier qui va à l'agora pour participer aux discussions publiques et qui rencontre son débiteur. C'est une bonne occasion pour lui de réclamer son argent, mais ce n'est pas pour cette raison qu'il est venu. Aristote pensait que c'est cette interférence qui caractérise le hasard… Il insistait sur le fait qu'il fallait que cette interférence ait un sens, c'est-à-dire qu'elle importe à l'agent. Il disait, en particulier, qu'on parle d'*automaton*, c'est-à-dire de processus automatique, lorsque c'est avantageux pour un être qui ne peut pas réfléchir, tandis qu'on parle de « fortune » pour quelqu'un qui aurait pu imaginer un tel but, qui aurait pu imaginer, par exemple, que c'était sur l'agora qu'il allait trouver quelqu'un qui lui devait de l'argent. Dans les deux cas, on insiste sur le fait que l'occasion de hasard importe à l'individu par rapport auquel on parle de hasard. C'est cette idée que reprennent Bergson, dans *Les Deux Sources de la morale et de la religion*, et Valéry, dans ses *Réflexions*. Cette conception est une façon assez habituelle de voir le hasard. On insiste sur l'intérêt de quelqu'un ou de quelque chose. Or, ce qui est très frappant, c'est qu'au XIXe siècle on voit deux auteurs laisser tomber tout à fait cette question d'intérêt. Si on examine, par exemple, la philosophie de Cournot, on voit qu'il se borne à dire qu'il y a hasard lorsqu'il y a tout simplement rencontre de séries de causes qui sont indépendantes les unes des autres.

La fameuse tuile qui tombe du toit ?

Oui, la tuile qui tombe d'un toit et qui blesse à la tête un malheureux passant qui se trouve là à ce moment. Effectivement, le passant allait faire ses courses, le couvreur n'avait aucune intention homicide et puis il se trouve que cette tuile arrive sur la tête du passant. C'est la rencontre fortuite qui est évidemment inexplicable, et Cournot note bien que le hasard ainsi entendu n'est pas du tout une négation du déterminisme, mais c'est le fait de la rencontre de séries dont on voit très bien comment les unes et les autres sont commandées par des lois, mais dont on s'aperçoit que cette rencontre elle-même a un caractère imprévisible.

Le troisième auteur, c'est Poincaré. Ce qu'il y a de très intéressant chez lui, me semble-t-il, c'est que, revenant à l'analyse de la causalité, il préfère montrer que ce qui caractérise le hasard, c'est une certaine disproportion entre la cause et l'effet ; en particulier : petite cause, grands effets. Le premier exemple qu'il propose, dans *Science et Méthode*, est celui d'un cône qui reposerait sur sa pointe. Il dit que si le cône est parfaitement régulier, selon la loi de la gravité, il doit rester ainsi, reposant sur sa pointe. Mais il suffit soit d'une irrégularité dans le cône, soit d'une agitation imperceptible de l'air pour que le cône tombe du côté où la différence de poids (ou bien la poussée de l'air) l'entraîne. Une petite cause, un rien, entraîne ici un effet important. On peut imaginer un cône très grand, on peut imaginer tout ce qu'on veut… Petite cause, grands effets. Ce qui est intéressant, c'est que Poincaré reconnaît quand même que cette définition n'est pas exhaustive et il fait aussi appel à la complexité des causes, à la multiplicité des causes. Là, c'est un rappel de Cournot.

Voilà énoncées des choses qui sont très reprises en ce moment, notamment par les physiciens et les mathématiciens qui travaillent sur le chaos, la turbulence…

Oui. Toute la théorie des systèmes dynamiques, aujourd'hui, se place dans le prolongement de l'œuvre de Poincaré, puisque Poincaré a étudié des équations différentielles avec des solutions particulières, des solutions singulières. Il a bien montré que, dans beaucoup de cas, il n'y a pas de régularités ou, s'il y en a, elles sont qualitatives et non quantitatives, c'est-à-dire qu'il y a des solutions dans des cycles limites, mais aussi il y a d'autres solutions. Tout cela dépend des conditions initiales ou de la valeur des variables que l'on met dans les équations.

Est-ce que ce n'est pas une autre façon d'y rencontrer l'effet de notre ignorance ?

Eh bien, pour Poincaré, cela avait une autre signification. Ce qui est important dans son analyse, c'est que le hasard, pour lui, nous invite à substituer à notre ignorance fondamentale une autre façon de connaître les choses, et cela, c'est l'exemple que lui a donné la théorie cinétique des gaz. D'une façon générale, quand nous avons des lois simples dont nous pouvons suivre la permanence des effets, il n'y a pas de hasard. Mais lorsque nous avons des lois compliquées, c'est-à-dire s'il y a énormément de systèmes qui sont en relation les uns avec les autres, les lois simples ne peuvent plus nous aider. Les systèmes se développent avec leur complexité propre ; or, cette complexité propre, nous pouvons la caractériser par d'autres moyens que des lois simples d'évolution. Ce seront plutôt des lois simples de structure : nous décomposerons le gaz en cellules, et puis nous établirons la probabilité des états macroscopiques sans nous inquiéter de ce qui se passe pour les petites molécules. Ce qui est très important, c'est que ce hasard est objectif, c'est-à-dire que la nature nous offre ainsi des ensembles de phénomènes que nous ne pouvons pas saisir dans leur détail, mais que nous pouvons appréhender globalement, et à propos desquels nous pouvons poser des lois de probabilités selon une analyse qui est d'une autre sorte que les lois d'évolution des parties singulières de ces systèmes. Cela, c'est tout à fait remarquable et c'est évidemment contemporain de l'usage des lois de probabilités classiques, telles qu'elles se manifestent dans la théorie cinétique des gaz. Plus tard, nous voyons apparaître la probabilité quantique qui, elle, présente un magnifique assemblage de déterminisme et de hasard, puisque c'est une loi déterministe, l'évolution de la fonction d'onde, qui indique l'évolution de l'amplitude de probabilité. C'est l'amplitude de probabilité qui est fixée de façon déterministe.

On en déduit, malgré tout, des relations d'incertitude ?

Nécessairement, mais cela, c'est plus délicat. Les relations d'incertitudes sont liées au fait qu'il y a des observables incompatibles et qu'une détermination d'une grandeur entraîne nécessairement une indétermination de l'autre. Cette propriété caractérise les objets quantiques d'une façon plus précise que la loi qui détermine leurs probabilités en général.

Les philosophes d'aujourd'hui, compte tenu des avancées de la science, se positionnent-ils différemment ou continuent-ils à se partager de la même façon : d'un côté, l'effet d'ignorance, de l'autre, le hasard objectif ?

Actuellement, les philosophes qui suivent l'évolution de la culture – en cela, les philosophes sont tous fils de Hegel, leur principale tâche est de comprendre ce qui se passe et d'essayer de le rendre intelligible – ne sont guère attachés à l'idéal déterministe ancien. Ils y font uniquement appel comme à une figure de la raison. Mais ceux qui essayent de réfléchir au plus près des sciences sont très sensibles, c'est vrai, à ce fait que le hasard, nulle part, ne semble pouvoir être éliminé par une connaissance qui nous en donnerait raison et qui le supprimerait en tant que tel. Ce qui me frappe, c'est que ces philosophes sont d'avis différents. Ce n'est pas étonnant car, en philosophie, il n'y a que des esprits qui réfléchissent – il n'y a pas une philosophie, la philosophie n'est pas une discipline, c'est une activité à laquelle certains se consacrent à leurs risques et périls. Il y a donc deux tendances : les uns insistent sur le fait que ce hasard rencontré par la science doit être l'effet d'un hasard fondamental, comme si l'être était inintelligible et que c'était cette inintelligibilité de l'être que devait réfléchir le philosophe en demandant à l'humanité de renoncer à tous les désirs de sens et de signification qu'elle veut pour la vie, pour l'existence humaines. D'autres, et je me trouve parmi eux, pensent que cette insistance sur le hasard, en définitive, nous montre tout simplement les limites du déterminisme. La science nous fait comprendre des régularités, mais ces régularités sont adossées aussi à des contingences, à des hasards. Tout ordre de phénomènes est à la fois donné et pensé, mais, pour qu'il nous soit donné, il faut qu'il ait pu se produire. Nous savons très bien – la cosmologie nous le dit – qu'il n'y a pas toujours eu des atomes, des molécules, des cellules vivantes, une humanité pensante et des sociétés humaines... Par conséquent, je crois que, par-delà cette contingence fondamentale qui nous apparaît et que le déterminisme ne fait que décrire par sections, il y a l'étagement de différentes modalités d'existence, et cette variété, plutôt que d'être due à un hasard fondamental, pourrait être tout simplement due (comme la philosophie de Platon et d'Aristote l'avait déjà pensé) à une finalité immanente à l'univers, qui pousserait les éléments de l'univers à se grouper, à s'établir dans des structures de plus en plus compliquées, ce qui donnerait alors à ce qu'on appelle les lois du hasard la possibilité de se manifester, selon diverses formes et à différents niveaux de réalité.

Mais comment peut-il y avoir finalité sans déterminisme ?

La finalité est différente du déterminisme. Je crois qu'on ne peut parler de déterminisme que si on parle d'une détermination d'ordre mathématique, logico-mathématique. En cela, je reconnais que la science moderne poursuit toujours cet idéal logico-mathématique qui est le sien depuis le XVIIe siècle et qu'Aristote, en tant que penseur penché sur les êtres vivants, avait voulu mettre de côté. Mais, si Aristote ne représente plus l'idéal scientifique d'aujourd'hui, il représente toujours, à mon avis, une tendance philosophique très profonde qui nous fait concevoir que la finalité n'est pas l'envers de la loi. Le reproche que je fais à Bergson, c'est d'avoir présenté le finalisme comme l'envers du mécanisme. Non, le finalisme, c'est autre chose que le mécanisme. Le mécanisme, c'est la perception de relations entre des phénomènes. Le finalisme, c'est l'idée que les êtres dont nous ne voyons que les phénomènes sont poussés de l'intérieur à s'inscrire dans un univers qui semble ordonné à la naissance de la vie, à sa complexification et à sa perfection dans la pensée qui en reprend toutes les postulations.

La philosophie du hasard serait alors due au hasard de la philosophie ?

Si vous voulez. Il est évident, comme je vous le disais tout à l'heure, que le philosophe ne raisonne pas dans le vide. Il y a un hasard de la philosophie qui fait qu'aujourd'hui les phénomènes de hasard se manifestent de toute part dans les failles du déterminisme. Ces failles du déterminisme sont très intéressantes : à mon avis, elles montrent que, quelle que soit la valeur de la science déterministe dans son approche de la réalité, il y a, pour fonder précisément ces intelligibilités partielles, une intelligibilité plus secrète dont Leibniz, le premier, avait vis-à-vis d'elles vu l'essence finaliste et qui à la fois explique que le monde ne soit pas désordonné et nous montre que notre connaissance se heurte partout à certaines limites qui sont la conséquence du fait que le déterminisme ne peut jamais être poursuivi très loin. Il y a comme des plages de déterminisme entourées de failles qui, d'un certain côté, montrent l'existence du hasard, selon la définition qu'en donnent Cournot et Poincaré, et, d'un autre côté, manifestent aussi, surtout depuis l'apparition de la vie, qu'il y a une finalité à l'œuvre dans l'être et dans l'univers.

Les scientifiques que j'ai interrogés définissent effectivement les limites des possibilités de la science, mais n'aiment pas tellement le terme de « hasard », qu'ils ont tendance à remplacer par un certain nombre d'autres termes, éventuellement plus opératoires pour eux. Les philosophes ont-ils à réfléchir sur l'en-deçà et l'au-delà de la science ? Est-ce que cela ne relève pas plutôt de l'intime conviction ?

Pas uniquement. Je pense, en effet, que la pratique de la vie nous induit à une philosophie intime, qui est le fait de chacun d'entre nous. Mais la réflexion sur la culture nous oblige à mettre en connexion nos convictions intimes avec ce que la science, ce que l'art, ce que la politique, ce que toutes les manifestations vivantes de la culture nous offrent à penser. Le visage très multiple de la science, le fait que les anciennes formes d'intelligibilité, qui étaient déterministes (pour Kant il n'y avait pas de hasard), se soient révélées partielles fait nécessairement réfléchir… Quand nous voyons la faillite partielle de ces formes d'intelligibilité qui se heurtent à des limites de tout côté, cela nous incline à penser que, en effet, il y a une épaisseur dans l'être, que cette épaisseur se manifeste déjà dans l'ordre phénoménal, puisque les différents plans de la réalité ne se recoupent pas tout à fait, et qu'il y a des zones de non-déduction. Cela nous amène à penser que, au fond, il y a dans la réalité quelque chose dont la vie humaine elle-même nous offre le spectacle, c'est-à-dire qu'il y a de grandes directions, des idéaux qui nous semblent devoir être réalisés à travers des accidents qu'il faut savoir utiliser. Peut-être que l'univers est le fait de l'utilisation d'accidents par une grande pensée ?

Bibliographie

Jacques J., *L'Imprévu ou la Science des objets trouvés*, Paris, Odile Jacob, 1990.

Kohn A., *Par hasard ou par erreur. Chance et malchance dans les grandes découvertes scientifiques*, Paris, Eshel, 1990.

Chapitre 1. Le hasard du sens commun

Moscovici S. (sous la direction de), *Introduction à la psychologie sociale* (1 et 2), Paris, Larousse, 1972.

Moscovici S., *L'Age des foules*, Paris, Fayard, 1981.

Laurent H., *Théorie des jeux de hasard*, Paris, A. Blanchard, 1965.

Letourneur M., Jacques P., *Les Plus Beaux Textes sur les jeux, la science et le hasard*, Paris, Le Cherche-Midi, 1983.

Chapitre 2. Le hasard et la vie sociale

Boursin J.-L., *Les Dés et les Urnes (les calculs de la démocratie)*, Paris, Ed. du Seuil, coll. « Science ouverte », 1990.

Boursin J.-L., *Les Structures du hasard*, Paris, Ed. du Seuil, coll. « Points Sciences », 1986.

Boursin J.-L., Caussat P., *L'Autopsie du hasard*, Paris, Ed. du Seuil, 1990.

Dupont R., Fleury J.-P., *Probabilités*, Paris, Vuibert, 1985.

Forsé M., *L'Ordre improbable*, Paris, PUF, 1989.

Chapitre 3. Hasard et langage

Auroux S. *et alii*, *Histoire des idées linguistiques*, Liège-Bruxelles, Pierre Mardaga, 1989.

Benveniste E., « Nature du signe linguistique », *Problèmes de linguistique générale*, Paris, Gallimard, 1966, p. 50-55.

Kripke S., *La Logique des noms propres*, Paris, Minuit, coll. « Propositions », 1982.

Martinet A., *Des steppes aux océans*, Paris, Payot, 1986.

Milner J.-C., *Introduction à une science du langage*, Paris, Ed. du Seuil, 1989.

Sur *dum*, voir, par exemple, Blatt F., *Précis de syntaxe latine*, Paris-Lyon, IAC, 1952, § 369.

Chapitre 4. Hasard et psychanalyse

Freud S., *Introduction à la psychanalyse* (1916), trad. française, Paris, Payot, 1962.

Freud S., Breuer J., *Etudes sur l'hystérie* (1845), trad. française, Paris, PUF, 1956.

Jaccard R. (textes présentés par), *Freud, jugements et témoignages*, Paris, PUF, coll. « Perspectives critiques », 1976.

Lebovici S., « L'après-coup et l'organisation de la névrose infantile », *Quinze études psychanalytiques sur le temps*, J. Guillaumin, Toulouse, Privat, 1982.

Lebovici S., *Le Nourrisson, la Mère et le Psychanalyste*, Paris, Le Centurion, 1983.

Lebovici S., Mazet P., Visier J.-P. (sous la direction de), *L'Evaluation des interactions précoces (entre le bébé et ses partenaires)*, Paris, ESHEL, 1990.

Revue internationale d'histoire de la psychanalyse (A. de Mijolla, directeur), Paris, PUF, n° 1 (1988), n° 2 (1989), n° 3 (1990).

Stern D., *Le Monde interpersonnel du nourrisson* (1985), trad. française, Paris, PUF, 1989.

Chapitre 5. Hasard et arts plastiques

Bailly J.-C., *Marcel Duchamp*, Paris, Fernand Hazan, 1984.

Lemoine S., *Dada,* Paris, Fernand Hazan, 1986.

Morellet F., *Catalogue de l'exposition du CNAC*, Paris, 1971.

Pondruel D., « Entretien avec Ramon J. F. », *Alliage*, n° 4, 1990.

Spoerri D., *Topographie anecdotée du hasard*, Paris, Editions du Centre Georges-Pompidou, 1990. Fac-similé de l'original édité par la galerie Laurence en 1962.

Restany P., « La prise en compte réaliste d'une situation nouvelle », *Catalogue de l'exposition 1960, les Nouveaux Réalistes,* MAM/musée d'Art moderne de la Ville de Paris, Paris, 1986.

Traverses/23, *Le Hasard : figures de la fortune*, Paris, Centre Georges-Pompidou/*Revue du CCI*, 1981.

Traverses/24, *Géométrie du hasard*, Paris, 1982.

Chapitre 6. Hasard et arts sonores

Barbaud P., *La Composition musicale automatique*, Paris, Dunod, 1972.

Bosseur D. et J.-Y., *Révolutions musicales : la musique contemporaine depuis 1945*, Paris, Le Sycomore, 1979.

Charles D., *Gloses sur John Cage*, Paris, 10/18, 1978.

Eco U., *L'Œuvre ouverte*, Paris, Ed. du Seuil, 1963.

Hiller L., Isaacson R. M., *Experimental Music*, University of Illinois Press, 1956.

Lio T. de, *Circumscribing the Open Universe*, University Press of America, 1984.

Lorrain D., « A panoply of stochastic canons », *Computer Music Journal*, 4, n° 1, 1982, p. 53-81.

Risset J.-C., « Stochastic processes in music and art », *Stochastic Processes in Quantum Theory and Statistical Physics*, Berlin-Heidelberg-New York, Springer Verlag, 1982, p. 281-288.

Voss R. F., Clarke V., « 1/f noise in music : music from 1/f noise », *Journal of the Acoustical Society of America*, 63, 1978, p. 258-263.

Xenakis I., « Musiques formelles », *La Revue musicale*, Paris, Ed. Richard Masse, 1963.

Chapitre 7. Hasard et littérature

Bellemin-Noël J., *Le Texte et l'Avant-Texte*, Paris, Larousse, coll. « L », 1972.

Biasi P.-M. de, « L'analyse des manuscrits et la genèse de l'œuvre », *Encyclopaedia Universalis, Symposium*, 1985, 1989.

Biasi P.-M. de, *Carnets de travail de Gustave Flaubert*, Paris, Balland, 1988.

Biasi P.-M. de, « La critique génétique », *Introduction aux méthodes critiques pour l'analyse littéraire*, Paris, Bordas, 1990.

Espagne M., Werner M., *Philologiques 1*, Paris, Ed. de la Maison des sciences de l'homme, 1990.

Grésillon A., Werner M., *Leçons d'écriture, ce que disent les manuscrits*, Paris, Minard, 1985.

Hay L. (sous la direction de), *Essais de critique génétique*, Paris, Flammarion, coll. « Textes et Manuscrits », 1979.

Hay L., *Le Manuscrit inachevé (écriture, création, communication)*, Paris, CNRS, coll. « Textes et Manuscrits », 1986.

Hay L., *La Naissance du texte*, Paris, José Corti, 1989.

Herschberg-Pierrot A., *Répertoire des manuscrits littéraires français (XIXe-XXe siècle)*, Paris, Bibliothèque nationale, 1985.

Kohler E., *Le Hasard en littérature, le possible et la nécessité*, Paris, Klincksieck, 1987.

Levaillant J., « Ecriture et génétique textuelle », *Valéry à l'œuvre*, Lille, Presses universitaires de Lille, 1982.

Chapitre 8. Hasard et biologie moléculaire

Cairns-Smith A. G., *Genetic Take-Over*, Cambridge University Press, 1983.

Cairns-Smith A. G., *Une énigme scientifique*, Paris, Odile Jacob, 1990.

Danchin A., « Placage et modèles totalitaires », *Elaboration et justification des modèles* (sous la direction de Delattre P., Thellier M.), Paris, Maloine, 1979, p. 39-56.

Danchin A., « L'invasion du biologisme », *Le Débat*, 2, 1980, p. 66-81.

Danchin A., « La permanence et le changement », *Le Débat*, 15, 1981, p. 106-114.

Danchin A., « Order and necessity », *From Enzyme Adaptation to Natural Philosophy Heritage from Jacques Monod* (sous la direction de Quagliarielle E., Bernardi G., Ullmann A.), Elsevier Sciences Publishers, 1987, p. 187-196.

Danchin A., *Symposium J. Monod and Molecular Biology, Yesterday and Today*, Trani, Italie, 13-15 décembre 1986.

Danchin A., préface de Schrödinger E., *What is life ?*, Paris, Bourgois, 1986, p. 7-28.

Danchin A., *L'Œuf et la Poule. Histoires du code génétique*, Paris, Fayard, 1989, traduit en japonais.

Danchin A., *Une aurore de pierres. Aux origines de la vie*, Paris, Ed. du Seuil, coll. « Science ouverte », 1990.

Hofstadter D., *Gödel, Escher, Bach. An Eternal Golden Braid*, Basic Books, 1979, trad. française : *Gödel, Escher, Bach, les brins d'une guirlande éternelle*, Paris, Interéditions, 1985.

De Jong W. W. *et alii*, « Evolution of eye lens cristallins : the stress connection », *Trends in Biomedical Sciences*, 14, p. 365.

Monod J., *Le Hasard et la Nécessité*, Paris, Ed. du Seuil, 1970, rééd. coll. « Points Sciences », 1973.

Thom R., « Halte au hasard, silence au bruit », *Le Débat*, 3, 1980.

Wächtershaüer G., « Before enzymes and templates : theory of surface metabolism », *Microbiological Reviews*, 52, 1988, p. 452.

Chapitre 9. Hasard et paléontologie

Blanc M., *Les Héritiers de Darwin*, Paris, Ed. du Seuil, coll. « Science ouverte », 1990.

Bourguignon A., *L'Homme imprévu*, Paris, PUF, 1989.

Collectif, *Histoire de la Terre, notre planète*, Société géologique de France, 1984.

Collectif, *La Recherche en paléontologie*, Paris, Ed. du Seuil, coll. « Points Sciences », 1988.

Collectif, *L'Evolution dans sa réalité et ses diverses modalités*, Paris, Masson et Cie, Colloque de la fondation Siurger-Polignac, 1988.

Collectif, *La Fabuleuse Aventure de la vie. Ses origines et son évolution*, Sélection du *Reader's Digest*, 1987.

Devillers C., Chaline J., *La Théorie de l'évolution*, Paris, Dunod, 1989.

Holland H. D., Traudall A. F., *Patterns of Change in Earth Evolution,* Dahlem Konferenzen, Springer Verlag, 1984.

Kimura M., *Théorie neutraliste de l'évolution*, Paris, Flammarion, 1990.

Levinton J., *Genetics, Paleontology and Macroevolution*, Cambridge University Press, 1988.

Nitecki M. H. (sous la direction de), *Biotic Crises in Ecological and Evolutionary Time*, Academic Press, 1981.

Raup D. M., Jablonsky D., *Patterns and Processes in the History of Life*, Dahlem Konferenzen, Springer Verlag, 1986.

Ricqlès de A., « L'évolution des organismes », *Encyclopaedia universalis*, 1984.

Simpson G. G., *Fossils and the History of Life*, Scientific American Books, 1983.

Valentine J. M. (sous la direction de), *Phanerozoic*

Diversity Patterns. Profiles in Macroevolution, Princetown University Press.

Chapitre 10. Hasard et génétique des populations

Delsol M., *Cause, Loi, Hasard en biologie*, Institut interdisciplinaire d'études épistémologiques de Lyon, diff. Paris, Vrin, 1985.

Jacquard A., *Eloge de la différence. La génétique et les hommes*, Paris, Ed. du Seuil, coll. « Points Sciences », 1981.

Jacquard A., *L'Héritage de la liberté : de l'animalité à l'humanitude*, Paris, Ed. du Seuil, coll. « Science ouverte », 1986.

Jacquard A., *Voici le temps du monde fini*, Paris, Ed. du Seuil, coll. « Science ouverte », 1991.

Langaney A., *Les Hommes, passé, présent, conditionnel*, Paris, Armand Colin, 1988.

Lewontin R. C., Rose S., Kamin L. J., *Nous ne sommes pas programmés : génétique, hérédité, idéologie*, Paris, La Découverte, 1985.

Chapitre 11. Hasard et physique statistique

Atkins P. W., *Chaleur et Désordre, le deuxième principe de la thermodynamique*, Paris, Belin, coll. « L'Univers des sciences », 1987.

Black P. J., Ogborn J. M., « Evolution et hasard, l'approche statistique de la thermodynamique au cours Nuffield supérieur », *Bulletin de l'Union des physiciens*, n° 605, p. 1133.

Bonnard A., Briguet A., Gatecel J., Laury A., Ruhla Ch.,

Modèle du gaz parfait, Paris, film du Centre national de documentation pédagogique, 1979.

Briguet A., Gauthier J.-P., Ruhla Ch., « Deux travaux pratiques sur le modèle du gaz monoatomique », *Bulletin de l'Union des physiciens*, n° 605, p. 1157.

Brillouin L., *La Science et la Théorie de l'information*, Paris, Masson, 1959, réimp. en fac-similé, Paris, J. Gabay, 1988.

Diu B., *L'Entropie : aspects objectifs et aspects subjectifs*, IREM Paris-Nord (av. J.-B. Clément, 93430, Villetaneuse), n° 52.

Guiasu S., Theodorescu R., *Incertitude et Information*, Québec, Presses de l'université Laval, 1971.

Guinier A., Jullien R., *La Matière à l'état solide*, Paris, Hachette/CNRS, coll. « Liaisons scientifiques », 1987.

Ruhla Ch., *La Physique du hasard, de Blaise Pascal à Niels Bohr*, Paris, Hachette/CNRS, coll. « Liaisons scientifiques », 1989.

« Mécanique statistique », *Dictionnaire encyclopédique Quillet* (suppl. 1989).

Reif F., « Physique statistique », *Cours de physique de Berkeley*, vol. 5, Paris, Armand Colin, 1972.

Tonnelat J., *Thermodynamique et Biologie*, vol. 2, *L'Ordre issu du hasard*, Paris, Maloine, 1979.

Chapitre 12. Hasard et chaos

Berger P., Pomeau Y., Vidal Ch., *L'Ordre dans le chaos. Vers une approche déterministe de la turbulence*, Paris, Hermann, 1984.

Collectif, *L'Ordre du chaos*, Paris, Belin, coll. « Bibliothèque pour la science », 1987.

Gleick J., *La Théorie du chaos*, Paris, Albin Michel, 1989.

Haken H., Wunderlin A., « Le chaos déterministe », *La Recherche*, n° 225, octobre 1990, p. 1248-1255.

Marchal C., « La physique est-elle déterministe ? », *Revue du Palais de la Découverte*, n° 128, mai 1985.

Ruelle D., « Les attracteurs étranges », *La Recherche*, n° 108, vol. 11, 1980, p. 132-144.

Ruelle D., « Déterminisme et prédictibilité », *Pour la science*, n° 82, 1984, p. 58-67.

Chapitre 13. Hasard et mécanique quantique

Audouze J., Musset P., Paty M. (sous la direction de), *Les Particules et l'Univers*, Paris, PUF/Fondation Diderot, 1990.

Deligeorges S. (sous la direction de), *Le Monde quantique*, Paris, Ed. du Seuil, coll. « Points Sciences », 1985.

Hoffmann B., Paty M., *L'Etrange Histoire des quanta*, Paris, Ed. du Seuil, coll. « Points Sciences », 1981.

Lévy-Leblond J.-M., Balibar F., *Quantique (rudiments)*, Paris, Interéditions/CNRS, 1984.

Pharabod J.-P., Ortoli S., *Le Cantique des quantiques. Le monde existe-t-il ?*, Paris, Le Livre de Poche, coll. « Biblio essais »,1987.

Chapitre 14. La mathématisation du hasard

Deheuvels P., *La Probabilité, le Hasard et la Certitude*, Paris, PUF, coll. « Que sais-je ? », 2e éd., 1990.

Ekeland I., *Le Calcul, l'Imprévu*, Paris, Ed. du Seuil, coll. « Science ouverte », 1984.

Ekeland I., *Au hasard*, Paris, Ed. du Seuil, coll. « Science ouverte », 1991.

Jacquard A., *Les Probabilités*, Paris, PUF, coll. « Que sais-je ? », 4e éd. revue., 1986.

Moles A. A., *Les Sciences de l'imprécis*, Paris, Ed. du Seuil, coll. « Science ouverte », 1990.

Moulin H., *Théorie des jeux pour l'économie et la politique*, Paris, Hermann, 1981.

Poincaré H., *Science et Méthode*, Paris, Flammarion, 1908.

Pomian K. éd., *La Querelle du déterminisme*, Paris, Gallimard, coll. « Tel », 1990.

Chapitre 15. Le concept de hasard

Aristote, *Physique 2*, chap. IV-VI, Paris, Les Belles Lettres (sous la direction de Carteron H.).

Barreau H., *L'Epistémologie*, Paris, PUF, coll. « Que sais-je ? », 1990.

Bergson H., *Les Deux Sources de la morale et de la religion*, chap. II, Paris, PUF, 4e éd., coll. « Quadrige », 1990.

Borel E., *Le Hasard*, Paris, Alcan, 1938.

Cournot A., *Exposition de la théorie des chances et des probabilités*, chap. IV, Paris, Vrin, 1984.

Delsol M., *Cause, Loi, Hasard en biologie*, Institut interdisciplinaire d'études épistémologiques de Lyon, diff. Paris, Vrin, 1985.

Hacking I., *The Emergence of Probability*, Cambridge University Press, 1975.

Laplace P. S. de, *Essai philosophique sur les probabilités*, réimp. de l'édition de 1825, Paris, Bourgois, coll. « Epistémè », 1986.

Largeault J., *Hasards, Probabilités, Inductions*, Publications de l'université de Toulouse-Le Mirail, Série A, t. 42, 1979.

Poincaré H., *Science et Méthode*, livre I, chap. IV, Paris, Flammarion, 1908.

Poirier R., *Remarques sur la probabilité des inductions*, Paris, Vrin, 1931.

Popper K., *L'Univers irrésolu. Plaidoyer pour l'indéterminisme*, Paris, Hermann, 1984.

Stengers I. (sous la direction de), *D'une science à l'autre, des concepts nomades*, Paris, Ed. du Seuil, coll. « Science ouverte », 1987.

Table

Illustrations

Page 24 : dessin de Sergueï. – **Page 42**: fac-similé de *Un coup de dés* (fragment). Édition spéciale pour le marché Saint-André, Baudoin, 1979. – **Page 54** : photo de Freud (Roger-Viollet). – **Page 66** : photo *La Plume*. Image de synthèse interactive (Edmond Couchot, Michel Bret, Marie-Hélène Tramus). – **Page 80** : *Transformations et Hypertransformations*, 1974-1976, Vera Molnar. – **Page 94** : page de brouillon de *La Légende de saint Julien l'Hospitalier*, de Gustave Flaubert (Bibliothèque nationale), n.a. fr. 23 6663-2, f° 429. – **Page 110** : photo dans *La Recherche*, n° 201, p. 882. – **Page 140** : l'infini des possibilités génétiques. Documents *Objets et Mondes*, musée de l'Homme. – **Page 154** : photo de Boltzmann (Ullstein Bilderdienst). – **Page 168** : photo dans *La Recherche*, n° 108, p. 132. – **Page 194**: dessin dans Snorri Sturlasson, *Kongesagaer*, Chritiania, J. M. Grenerssen et Cie Forlag, 1899. – **Page 208** : photo d'un buste d'Aristote (Roger-Viollet).

RÉALISATION : ATELIER PAO ÉDITIONS DU SEUIL
IMPRESSION : BRODARD ET TAUPIN À LA FLÈCHE
DÉPÔT LÉGAL : AVRIL 1991. N° 12955 (6879D-5)

Collection « Science ouverte »

dirigée par Jean-Marc Lévy-Leblond

Pierre Achard *et al., Discours biologique et Ordre social,* 1977
Jean-Pierre Adam, *Le Passé recomposé,* 1988
Alexander Alland, *La Dimension humaine,* 1974
Jacques Arsac, *Les Machines à penser,* 1987
Henri Atlan, *A tort et à raison,* 1986
Madeleine Barthélemy-Madaule
Lamarck ou le Mythe du précurseur, 1979
Stella Baruk, *Échec et Maths*,* 1973
Fabrice ou l'École des mathématiques, 1977
L'Age du capitaine, 1985
Jean-Bernard, Marcel Bessis, Claude Debru (sous la dir.),
Soi et Non-Soi, 1990
Marcel Blanc, *Les Héritiers de Darwin,* 1990
Basil Booth & Frank Fitch, *La Terre en colère,* 1980
Jean-Louis Boursin, *Les Dés et les Urnes,* 1990
William Broad & Nicholas Wade, *La Souris truquée,* 1987
Henri Broch, *Le Paranormal**, 1985
Mario Bunge, *Philosophie de la physique,* 1975
Giovanni Ciccotti *et al., L'Araignée et le Tisserand,* 1979
Robert Clarke, *Naissance de l'homme*,* 1982
Paul Colinvaux, *Les Manèges de la vie,* 1982
Benjamin Coriat, *Science, Technique et Capital,* 1976
Michel Crozon, *La Matière première,* 1987
Antoine Danchin, *Une aurore de pierres,* 1990
William C. Dement, *Dormir, Rêver,* 1981
Alain Dupas, *La Lutte pour l'espace,* 1977
Albert Einstein et Max Born, *Correspondance 1916-1955,* 1988
Ivar Ekeland, *Le Calcul, l'Imprévu*,* 1984
Paul Feyerabend, *Contre la méthode*,* 1979
Adieu la raison, 1989
Peter T. Furst, *La Chair des dieux,* 1974
Jean-Gabriel Ganascia, *L'Ame-Machine,* 1990
Martin Gardner, *L'Univers ambidextre,* 1985
Bertrand Gille, *Les Mécaniciens grecs,* 1980
Stephen J. Gould, *Le Sourire du flamant rose,* 1988
George Greenstein, *Le Destin des étoiles,* 1987
Edward Harrison, *Le Noir de la nuit,* 1990
P. Huard, J. Bossy, G. Mazars, *Les Médecines de l'Asie,* 1978

* L'astérisque indique les ouvrages disponibles dans la série de poche « Points Sciences »

Albert Jacquard, *Éloge de la différence**, 1981
*Au péril de la science ?**, 1984
L'Héritage de la liberté, 1986
Jean Jacques, *Les Confessions d'un chimiste ordinaire*, 1981
Patrick Lagadec, *La Civilisation du risque*, 1981
États d'urgence, 1988
André Langaney, *Le Sexe et l'Innovation**, 1979
Tony Lévy, *Figures de l'infini*, 1987
J.-M. Lévy-Leblond et A. Jaubert, *(Auto)critique de la science**, 1973
Eugene Linden, *Ces singes qui parlent*, 1979
Georges Ménahem, *La Science et le Militaire*, 1976
Agata Mendel, *Les Manipulations génétiques*, 1980
P.-A. Mercier, F. Plassard, V. Scardigli, *La Société digitale*, 1984
Abraham A. Moles, *Les Sciences de l'imprécis*, 1990
Catherine Mondiet-Colle, Michel Colle,
Le Mythe de Procuste, 1989
Hubert Reeves, *Patience dans l'azur**, 1981
Poussières d'étoiles, 1984
L'Heure de s'enivrer, 1986
Malicorne, 1990
Jacques-Michel Robert, *Comprendre notre cerveau**, 1982
Colin Ronan, *Histoire mondiale des sciences*, 1988
Philippe Roqueplo, *Le Partage du savoir*, 1974
Penser la technique, 1983
Steven Rose, *Le Cerveau conscient*, 1975
H. Rose, S. Rose *et al.*, *L'Idéologie de/dans la science*, 1977
Joël de Rosnay, *L'Aventure du vivant*, 1988
Rudy Rucker, *La Quatrième Dimension*, 1985
Carl Sagan, *Les Dragons de l'Éden*, 1980
Evry Schatzman, *Les Enfants d'Uranie*, 1986
Michel Schiff, *L'Intelligence gaspillée*, 1982
Dominique Simonnet, *Vivent les bébés !*, 1986
William Skyvington, *Machina Sapiens*, 1976
Solomon H. Snyder, *La Marijuana*, 1973
Isabelle Stengers *et al.*, *D'une science à l'autre*, 1987
Peter S. Stevens, *Les Formes dans la nature*, 1978
Pierre Thuillier, *Le Petit Savant illustré*, 1978
Les Savoirs ventriloques, 1983
Francisco J. Varela, *Connaître*, 1989
Renaud Vié le Sage, *La Terre en otage*, 1989
Steven Weinberg, *Les Trois Premières Minutes de l'univers**, 1978

Collection Points

SÉRIE SCIENCES

dirigée par Jean-Marc Lévy-Leblond

S1. La Recherche en biologie moléculaire
ouvrage collectif
S2. Des astres, de la vie et des hommes
par Robert Jastrow (épuisé)
S3. (Auto)critique de la science
par Alain Jaubert et Jean-Marc Lévy-Leblond
S4. Le Dossier électronucléaire
par le syndicat CFDT de l'Énergie atomique
S5. Une révolution dans les sciences de la Terre
par Anthony Hallam
S6. Jeux avec l'infini, *par Rózsa Péter*
S7. La Recherche en astrophysique, *ouvrage collectif*
(nouvelle édition)
S8. La Recherche en neurobiologie (épuisé)
(voir nouvelle édition, S 57)
S9. La Science chinoise et l'Occident
par Joseph Needham
S10. Les Origines de la vie, *par Joël de Rosnay*
S11. Échec et Maths, *par Stella Baruk*
S12. L'Oreille et le Langage, *par Alfred Tomatis* (nouvelle édition)
S13. Les Énergies du Soleil, *par Pierre Audibert*
en collaboration avec Danielle Rouard
S14. Cosmic Connection ou l'appel des étoiles, *par Carl Sagan*
S15. Les Ingénieurs de la Renaissance, *par Bertrand Gille*
S16. La Vie de la cellule à l'homme, *par Max de Ceccatty*
S17. La Recherche en éthologie, *ouvrage collectif*
S18. Le Darwinisme aujourd'hui, *ouvrage collectif*
S19. Einstein, créateur et rebelle, *par Banesh Hoffmann*
S20. Les Trois Premières Minutes de l'Univers
par Steven Weinberg
S21. Les Nombres et leurs mystères
par André Warusfel
S22. La Recherche sur les énergies nouvelles
ouvrage collectif
S23. La Nature de la physique, *par Richard Feynman*
S24. La Matière aujourd'hui, *par Émile Noël et alii*
S25. La Recherche sur les grandes maladies
ouvrage collectif

S26. L'Étrange Histoire des quanta
par Banesh Hoffmann et Michel Paty
S27. Éloge de la différence, *par Albert Jacquard*
S28. La Lumière, *par Bernard Maitte*
S29. Penser les mathématiques, *ouvrage collectif*
S30. La Recherche sur le cancer, *ouvrage collectif*
S31. L'Énergie verte, *par Laurent Piermont*
S32. Naissance de l'homme, *par Robert Clarke*
S33. Recherche et Technologie
Actes du Colloque national
S34. La Recherche en physique nucléaire
ouvrage collectif
S35. Marie Curie, *par Robert Reid*
S36. L'Espace et le Temps aujourd'hui, *ouvrage collectif*
S37. La Recherche en histoire des sciences
ouvrage collectif
S38. Petite Logique des forces, *par Paul Sandori*
S39. L'Esprit de sel, *par Jean-Marc Lévy-Leblond*
S40. Le Dossier de l'Énergie
par le Groupe confédéral Énergie (CFDT)
S41. Comprendre notre cerveau
par Jacques-Michel Robert
S42. La Radioactivité artificielle
par Monique Bordry et Pierre Radvanyi
S43. Darwin et les Grandes Énigmes de la vie
par Stephen Jay Gould
S44. Au péril de la science ?, *par Albert Jacquard*
S45. La Recherche sur la génétique et l'hérédité
ouvrage collectif
S46. Le Monde quantique, *ouvrage collectif*
S47. Une histoire de la physique et de la chimie
par Jean Rosmorduc
S48. Le Fil du temps, *par André Leroi-Gourhan*
S49. Une histoire des mathématiques
par Amy Dahan-Dalmedico et Jeanne Peiffer
S50. Les Structures du hasard, *par Jean-Louis Boursin*
S51. Entre le cristal et la fumée, *par Henri Atlan*
S52. La Recherche en intelligence artificielle
ouvrage collectif
S53. Le Calcul, l'Imprévu, *par Ivar Ekeland*
S54. Le Sexe et l'Innovation, *par André Langaney*
S55. Patience dans l'azur, *par Hubert Reeves*
S56. Contre la méthode, *par Paul Feyerabend*
S57. La Recherche en neurobiologie, *ouvrage collectif*
S58. La Recherche en paléontologie, *ouvrage collectif*

S59. La Symétrie aujourd'hui, *ouvrage collectif*
S60. Le Paranormal, *par Henri Broch*
S61. Petit Guide du ciel, *par A. Jouin et B. Pellequer*
S62. Une histoire de l'astronomie, *par Jean-Pierre Verdet*
S63. L'Homme re-naturé, *par Jean-Marie Pelt*
S64. Science avec conscience, *par Edgar Morin*
S65. Une histoire de l'informatique, *par Philippe Breton*
S66. Une histoire de la géologie, *par Gabriel Gohau*
S67. Une histoire des techniques, *par Bruno Jacomy*
S68. L'Héritage de la liberté, *par Albert Jacquard*
S69. Le Hasard aujourd'hui, *ouvrage collectif*

Collection Points

SÉRIE ÉCONOMIE

E1. L'Or jaune et l'Or noir, *par Jean Carrière*
E2. Les Travailleurs face au capitalisme
par Culture et Liberté
E3. La Population mondiale, *par Jean-Marie Poursin*
E4. Keynes, *par Michael Stewart*
E5. Vocabulaire économique et financier
par Yves Bernard et Jean-Claude Colli
E6. L'Inflation mondiale et les Firmes multinationales
par Charles Levinson
E7. Les Grands Économistes, *par Robert L. Heilbronner*
E8. Comprendre l'économie, *par Éliane Mossé*
E10. L'Agriculture française, *par Joseph Klatzmann*
E11. Le Budget de l'État, *par Jean Rivoli*
E12. Comprendre les statistiques
par Michel Louis Lévy
E15. Tout savoir – ou presque – sur l'économie
par John Kenneth Galbraith et Nicole Salinger
E16. Comprendre les théories économiques
1. Clés de lecture
par Jean-Marie Albertini et Ahmed Silem
E17. Comprendre les théories économiques
2. Petit guide des grands courants
par Jean-Marie Albertini et Ahmed Silem
E18. Histoire du capitalisme, *par Michel Beaud*
E19. Abrégé de la croissance française, *par Jean-Jacques Carré*
Paul Dubois et Edmond Malinvaud
E20. Les Riches et les Pauvres, *par Éliane Mossé*
E21. Théories de la crise et Politiques économiques
par André Grjebine
E22. Les Grandes Économies
par Yves Barou et Bernard Keizer
E23. Les Économies planifiées, *par Pawel H. Dembinski*
E24. L'Entreprise du 3e type
par Georges Archier et Hervé Sérieyx
E25. L'Agriculture moderne, *par Claude Servolin*
E26. La Crise… et après
Comprendre la politique économique, t. 2
par Éliane Mossé

E27. Les Finances du monde, *par Jean-Yves Carfantan*
E28. L'Ère des certitudes
Comprendre la politique économique, t. 1
par Éliane Mossé
E29. La Politique économique, *par André Grjebine*

Collection Points

SÉRIE HISTOIRE

H1. Histoire d'une démocratie : Athènes
Des origines à la conquête macédonienne
par Claude Mossé
H2. Histoire de la pensée européenne
1. L'éveil intellectuel de l'Europe du IXe au XIIe siècle
par Philippe Wolff
H3. Histoire des populations françaises et de leurs attitudes devant la vie depuis le XVIIIe siècle
par Philippe Ariès
H4. Venise, portrait historique d'une cité
par Philippe Braunstein et Robert Delort
H5. Les Troubadours, *par Henri-Irénée Marrou*
H6. La Révolution industrielle (1770-1880)
par Jean-Pierre Rioux
H7. Histoire de la pensée européenne
4. Le siècle des Lumières
par Norman Hampson
H8. Histoire de la pensée européenne
3. Des humanistes aux hommes de science
par Robert Mandrou
H9. Histoire du Japon et des Japonais
1. Des origines à 1945
par Edwin O. Reischauer
H10. Histoire du Japon et des Japonais
2. De 1945 à 1970, *par Edwin O. Reischauer*
H11. Les Causes de la Première Guerre mondiale
par Jacques Droz
H12. Introduction à l'histoire de notre temps
L'Ancien Régime et la Révolution
par René Rémond
H13. Introduction à l'histoire de notre temps
Le XIXe siècle, *par René Rémond*
H14. Introduction à l'histoire de notre temps
Le XXe siècle, *par René Rémond*
H15. Photographie et Société, *par Gisèle Freund*
H16. La France de Vichy (1940-1944)
par Robert O. Paxton
H17. Société et Civilisation russes au XIXe siècle
par Constantin de Grunwald
H18. La Tragédie de Cronstadt (1921), *par Paul Avrich*

H19. La Révolution industrielle du Moyen Age
par Jean Gimpel
H20. L'Enfant et la Vie familiale sous l'Ancien Régime
par Philippe Ariès
H21. De la connaissance historique
par Henri-Irénée Marrou
H22. André Malraux, une vie dans le siècle
par Jean Lacouture
H23. Le Rapport Krouchtchev et son histoire
par Branko Lazitch
H24 Le Mouvement paysan chinois (1840-1949)
par Jean Chesneaux
H25. Les Misérables dans l'Occident médiéval
par Jean-Louis Goglin
H26. La Gauche en France depuis 1900
par Jean Touchard
H27. Histoire de l'Italie du Risorgimento à nos jours
par Sergio Romano
H28. Genèse médiévale de la France moderne, XIVe-XVe siècle
par Michel Mollat
H29. Décadence romaine ou Antiquité tardive, IIIe-VIe siècle
par Henri-Irénée Marrou
H30. Carthage ou l'Empire de la mer, *par François Decret*
H31. Essais sur l'histoire de la mort en Occident
du Moyen Age à nos jours, *par Philippe Ariès*
H32. Le Gaullisme (1940-1969), *par Jean Touchard*
H33. Grenadou, paysan français
par Ephraïm Grenadou et Alain Prévost
H34. Piété baroque et Déchristianisation en Provence
au XVIIIe siècle, *par Michel Vovelle*
H35. Histoire générale de l'Empire romain
1. Le Haut-Empire, *par Paul Petit*
H36. Histoire générale de l'Empire romain
2. La crise de l'Empire, *par Paul Petit*
H37. Histoire générale de l'Empire romain
3. Le Bas-Empire, *par Paul Petit*
H38. Pour en finir avec le Moyen Age
par Régine Pernoud
H39. La Question nazie, *par Pierre Ayçoberry*
H40. Comment on écrit l'histoire, *par Paul Veyne*
H41. Les Sans-culottes, *par Albert Soboul*
H42. Léon Blum, *par Jean Lacouture*
H43. Les Collaborateurs (1940-1945), *par Pascal Ory*
H44. Le Fascisme italien (1919-1945)
par Pierre Milza et Serge Berstein

H45. Comprendre la révolution russe, *par Martin Malia*
H46. Histoire de la pensée européenne
6. L'ère des masses, *par Michaël D. Biddiss*
H47. Naissance de la famille moderne, *par Edward Shorter*
H48. Mythe de la procréation à l'âge baroque
par Pierre Darmon
H49. Histoire de la bourgeoisie en France
1. Des origines aux temps modernes
par Régine Pernoud
H50. Histoire de la bourgeoisie en France
2. Les temps modernes, *par Régine Pernoud*
H51. Histoire des passions françaises (1848-1945)
1. Ambition et amour, *par Theodore Zeldin*
H52. Histoire des passions françaises (1848-1945)
2. Orgueil et intelligence, *par Theodore Zeldin* (épuisé)
H53. Histoire des passions françaises (1848-1945)
3. Goût et corruption, *par Theodore Zeldin*
H54 Histoire des passions françaises (1848-1945)
4. Colère et politique, *par Theodore Zeldin*
H55. Histoire des passions françaises (1848-1945)
5. Anxiété et hypocrisie, *par Theodore Zeldin*
H56. Histoire de l'éducation dans l'Antiquité
1. Le monde grec, *par Henri-Irénée Marrou*
H57. Histoire de l'éducation dans l'Antiquité
2. Le monde romain, *par Henri-Irénée Marrou*
H58. La Faillite du Cartel, 1924-1926
(Leçon d'histoire pour une gauche au pouvoir)
par Jean-Noël Jeanneney
H59. Les Porteurs de valises, *par Hervé Hamon et Patrick Rotman*
H60. Histoire de la guerre d'Algérie, 1954-1962
par Bernard Droz et Évelyne Lever
H61. Les Occidentaux, *par Alfred Grosser*
H62. La Vie au Moyen Age, *par Robert Delort*
H63. Politique étrangère de la France (La Décadence, 1932-1939)
par Jean-Baptiste Duroselle
H64. Histoire de la guerre froide
1. De la révolution d'Octobre à la guerre de Corée, 1917-1950
par André Fontaine
H65. Histoire de la guerre froide
2. De la guerre de Corée à la crise des alliances,1950-1963
par André Fontaine
H66. Les Incas, *par Alfred Métraux*
H67. Les Écoles historiques, *par Guy Bourdé et Hervé Martin*
H68. Le Nationalisme français, 1871-1914, *par Raoul Girardet*
H69. La Droite révolutionnaire, 1885-1914, *par Zeev Sternhell*

H70. L'Argent caché, *par Jean-Noël Jeanneney*
H71. Histoire économique de la France du XVIIIe siècle à nos jours
1. De l'Ancien Régime à la Première Guerre mondiale
par Jean-Charles Asselain
H72. Histoire économique de la France du XVIIIe siècle à nos jours
2. De 1919 à la fin des années 1970
par Jean-Charles Asselain
H73. La Vie politique sous la IIIe République
par Jean-Marie Mayeur
H74. La Grèce archaïque d'Homère à Eschyle, *par Claude Mossé*
H75. Histoire de la « détente », 1962-1981
par André Fontaine
H76. Études sur la France de 1939 à nos jours
par la revue « L'Histoire »
H77. L'Afrique au XXe siècle, *par Elikia M'Bokolo*
H78. Les Intellectuels au Moyen Age, *par Jacques Le Goff*
H79. Fernand Pelloutier, *par Jacques Julliard*
H80. L'Église des premiers temps, *par Jean Daniélou*
H81. L'Église de l'Antiquité tardive
par Henri-Irénée Marrou
H82. L'Homme devant la mort
1. Le temps des gisants, *par Philippe Ariès*
H83. L'Homme devant la mort
2. La mort ensauvagée, *par Philippe Ariès*
H84. Le Tribunal de l'impuissance, *par Pierre Darmon*
H85. Histoire générale du XXe siècle
1. Jusqu'en 1949. Déclins européens
par Bernard Droz et Anthony Rowley
H86. Histoire générale du XXe siècle
2. Jusqu'en 1949. La naissance du monde contemporain
par Bernard Droz et Anthony Rowley
H87. La Grèce ancienne, *par la revue « L'Histoire »*
H88. Les Ouvriers dans la société française
par Gérard Noiriel
H89. Les Américains de 1607 à nos jours
1. Naissance et essor des États-Unis, 1607 à 1945
par André Kaspi
H90. Les Américains de 1607 à nos jours
2. Les États-Unis de 1945 à nos jours, *par André Kaspi*
H91. Le Sexe et l'Occident, *par Jean-Louis Flandrin*
H92. Le Propre et le Sale, *par Georges Vigarello*
H93. La Guerre d'Indochine, 1945-1954
par Jacques Dalloz
H94. L'Édit de Nantes et sa révocation
par Janine Garrisson

H95. Les Chambres à gaz, secret d'État
par Eugen Kogon, Hermann Langbein et Adalbert Rückerl
H96. Histoire générale du XXe siècle
3. Depuis 1950. Expansion et indépendance (1950-1973)
par Bernard Droz et Anthony Rowley
H97. La Fièvre hexagonale, 1871-1968, *par Michel Winock*
H98. La Révolution en questions, *par Jacques Solé*
H99. Les Byzantins, *par Alain Ducellier*
H100. Les Croisades, *par la revue « L'Histoire »*
H101. La Chute de la monarchie (1787-1792)
par Michel Vovelle
H102. La République jacobine (10 août 1792 - 9 Thermidor an II)
par Marc Bouloiseau
H103. La République bourgeoise
(de Thermidor à Brumaire, 1794-1799)
par Denis Woronoff
H104. La France napoléonienne (1799-1815)
1. Aspects intérieurs, *par Louis Bergeron*
H105. La France napoléonienne (1799-1815)
2. Aspects extérieurs, *par Roger Dufraisse* (à paraître)
H106. La France des notables (1815-1848)
1. L'évolution générale
par André Jardin et André-Jean Tudesq
H107. La France des notables (1815-1848)
2. La vie de la nation, *par André Jardin et André-Jean Tudesq*
H108. 1848 ou l'Apprentissage de la république (1848-1852)
par Maurice Agulhon
H109. De la fête impériale au mur des Fédérés (1852-1871)
par Alain Plessis
H110. Les Débuts de la Troisième République (1871-1898)
par Jean-Marie Mayeur
H111. La République radicale ? (1898-1914)
par Madeleine Rebérioux
H112. Victoire et Frustrations (1914-1929)
par Jean-Jacques Becker et Serge Berstein
H113. La Crise des années 30 (1929-1938)
par Dominique Borne et Henri Dubief
H114. De Munich et à Libération (1938-1944)
par Jean-Pierre Azéma
H115. La France de la Quatrième République (1944-1958)
1. L'ardeur et la nécessité (1944-1952)
par Jean-Pierre Rioux
H116. La France de la Quatrième République (1944-1958)
2. L'expansion et l'impuissance (1952-1958)
par Jean-Pierre Rioux

H117. La France de l'expansion (1958-1974)
1. La République gaullienne (1958-1969)
par Serge Berstein
H118. La France de l'expansion (1958-1974)
2. Croissance et crise (1969-1974)
par Serge Berstein et Jean-Pierre Rioux (à paraître)
H119. La France de 1974 à nos jours
par Jean-Jacques Becker (à paraître)
H120. Le XXe Siècle français, documents (à paraître)
H121. Les Paysans dans la société française, *Annie Moulin*
H122. Portrait historique de Christophe Colomb
par Marianne Mahn-Lot
H123. Vie et Mort de l'ordre du Temple, *par Alain Demurger*
H124. La Guerre d'Espagne, *par Guy Hermet*
H125. Histoire de France, *sous la direction de Jean Carpentier et François Lebrun*
H126. Empire colonial et Capitalisme français
par Jacques Marseille
H127. Genèse culturelle de l'Europe (Ve-VIIIe siècle)
par Michel Banniard
H128. Les Années trente, *par la revue « L'Histoire »*
H129. Mythes et Mythologies politiques, *par Raoul Girardet*
H130. La France de l'an Mil, *collectif*
H131. Nationalisme, Antisémitisme et Fascisme en France
par Michel Winock
H132. De Gaulle 1. Le rebelle (1890-1944)
par Jean Lacouture
H133. De Gaulle 2. Le politique (1944-1959)
par Jean Lacouture
H134. De Gaulle 3. Le souverain (1959-1970)
par Jean Lacouture
H135. Le Syndrome de Vichy, *par Henri Rousso*
H136. Chronique des années soixante, *par Michel Winock*
H137. La Société anglaise, *par François Bédarida*
H138. L'Abime 1939-1944. La politique étrangère de la France
par Jean-Baptiste Duroselle
H139. La Culture des apparences, *par Daniel Roche*
H140. Amour et Sexualité en Occident, *par la revue « L'Histoire »*
H141. Le Corps féminin, *par Philippe Perrot*
H142. Les Galériens, *par André Zysberg*
H143. Histoire de l'antisémitisme 1. L'âge de la foi
par Léon Poliakov
H144. Histoire de l'antisémitisme 2. L'âge de la science
par Léon Poliakov
H145. L'Épuration française (1944-1949), *par Peter Novick*

H146. L'Amérique latine au XXe siècle (1889-1929)
par Leslie Manigat
H147. Les Fascismes, *par Pierre Milza*

H201. Les Origines franques (V[e]-IXe siècle), *par Stéphane Lebecq*
H202. L'Héritage des Charles (de la mort de Charlemagne aux environs de l'an mil), *par Laurent Theis*
H203. L'Ordre seigneurial (XIe-XIIe siècle)
par Dominique Barthélemy
H204. Temps d'équilibres, temps de ruptures
par Monique Bourin-Derruau
H205. Temps de crises, temps d'espoirs, *par Alain Demurger*

Collection Points

SÉRIE POLITIQUE

DERNIERS TITRES PARUS

85. Les Dégâts du progrès, *par la CFDT*
86. Les Sommets de l'État, *par Pierre Birnbaum*
87. Du contrat social, *par Jean-Jacques Rousseau*
88. L'Enfant et la Raison d'État, *par Philippe Meyer*
89. Écologie et Politique, *par A. Gorz et M. Bosquet*
90. Les Racines du libéralisme, *par Pierre-François Moreau*
91. Syndicat libre en URSS
 par le Comité international contre la répression
92. L'Informatisation de la société
 par Simon Nora et Alain Minc
93. Manuel de l'animateur social, *par Saül Alinsky*
94. Mémoires d'un révolutionnaire, *par Victor Serge*
95. Les Partis politiques en Europe, *par François Borella*
96. Le Libéralisme, *par Georges Burdeau*
97. Parler vrai, *par Michel Rocard*
98. Mythes révolutionnaires du tiers monde
 par Gérard Chaliand
99. Qu'est-ce que la social-démocratie ?
 par la revue « Faire »
100. La Démocratie et les Partis politiques
 par Moisei Ostrogorski
101. Crise et Avenir de la classe ouvrière
 par la revue « Faire » (épuisé)
102. Le Socialisme des intellectuels, *par Jan Waclav Makhaïski*
103. Reconstruire l'espoir, *par Edmond Maire*
104. Le Tertiaire éclaté, *par la CFDT*
105. Le Reflux américain, *par la revue « Faire »*
106. Les Pollueurs, *par Anne Guérin-Henni*
107. Qui a peur du tiers monde ?
 par Jean-Yves Carfantan et Charles Condamines
108. La Croissance… de la famine, *par René Dumont*
109. Stratégie de l'action non violente, *par Jean-Marie Muller*
110. Retournez les fusils !, *par Jean Ziegler*
111. L'Acteur et le Système
 par Michel Crozier et Erhard Friedberg
112. Adieux au prolétariat, *par André Gorz*
113. Nos droits face à l'État, *par Gérard Soulier*
114. Les Partis politiques, *par Maurice Duverger*

115. Les « Disparus », *par Amnesty International*
116. L'Afrique étranglée, *par René Dumont et Marie-France Mottin*
117. La CGT, *par René Mouriaux*
118. Le Mal-développement en Amérique latine *par René Dumont et Marie-France Mottin*
119. Les Assassinats politiques, *par Amnesty International*
120. Vaincre la faim, c'est possible *par Jean-Yves Carfantan et Charles Condamines*
121. La Crise de l'État-providence, *par Pierre Rosanvallon*
122. La Deuxième Gauche *par Hervé Hamon et Patrick Rotman*
123. Les Origines du totalitarisme. 1. Sur l'antisémitisme *par Hannah Arendt*
124. La Torture, *par Amnesty International*
125. Les Origines du totalitarisme. 2. L'Impérialisme *par Hannah Arendt*
126. Les Rebelles, *par Jean Ziegler*
127. Le Pari français, *par Michel Albert*
128. La Fin des immigrés *par Françoise Gaspard et Claude Servan-Schreiber*
129. Les Régimes politiques occidentaux *par Jean-Louis Quermonne*
130. A l'épreuve des faits, *par Michel Rocard*
131. Introduction aux relations internationales *par Jacques Huntzinger*
132. Individu et Justice sociale. Autour de John Rawls *ouvrage collectif*
133. Mai 68. Histoire des événements, *par Laurent Joffrin*
134. Le Libéralisme économique, *par Pierre Rosanvallon*
135. Un pays comme le nôtre, *par Michel Rocard*
136. La Nouvelle France, *par Emmanuel Todd*
137. Les Juges dans la balance, *par Daniel Soulez Larivière*
138. Les Cadets de la droite, *par Jacques Frémontier*
139. La République des fonctionnaires, *par Thierry Pfister*
140. La Question immigrée *par Jacques Voisard et Christiane Ducastelle*
141. L'Impuissance publique *par Denis Olivennes et Nicolas Baverez*
142. La Presse en France, *par Jean-Marie Charon*
143. L'Appareil administratif de l'État *par Jean-Louis Quermonne*
144. Essais politiques, *par Václav Havel*
145. Le Parti des patrons, *par Henri Weber*
146. Un monde intolérable, *par René Dumont*